Valérie Zenatti

Une bouteille dans la mer de Gaza

Médium

l'école des loisirs

11, rue de Sèvres, Paris 6e

Du même auteur à *l'école des loisirs*

Collection MÉDIUM

Quand j'étais soldate

Prix du roman historique de Poitiers
Prix Adolisant (Belgique)
Prix Gragnotte (Narbonne)
Prix Livrefranche (Villefranche-du-Rouergue)

Loi n° 49.956 du 16 juillet 1949 sur les publications destinées à la jeunesse : janvier 2005
Dépôt légal : octobre 2009
Imprimé en France par CPI Firmin Didot à Mesnil-sur-l'Estrée (97248)
ISBN 978-2-211-07275-5

Pour Sophie et Jérôme.
les Lumineux.

Vous aviez promis une colombe
Un rameau d'olivier
Vous aviez promis la paix à la maison
Vous aviez promis le printemps
Et des floraisons
Vous aviez promis de tenir vos promesses
Vous aviez promis une colombe...

«Hiver 73»
Samuel Hassifri, parolier israélien

Il me fit ses adieux... Il était à la recherche de lys blancs,
D'un oiseau accueillant le matin
Sur un rameau d'olivier.
Il percevait les choses
Telles qu'il les ressentait... et les sentait.
La patrie, il me l'a dit,
C'est boire le café de sa mère
Et rentrer, à la tombée du jour, rassuré.

«Le soldat qui rêvait de lys blanc»
Mahmoud Darwich, poète palestinien

Jérusalem, 9 septembre 2003

Ce sont des jours de ténèbres, de tristesse et d'horreur. La peur est revenue.

Maman venait de me répéter pour la troisième fois d'aller me coucher, parce que je commence tôt demain. Et puis les vitres ont tremblé, le cœur a fait un bond dans la poitrine, j'ai cru qu'il était monté dans ma gorge. Ce n'est qu'une seconde après que j'ai réalisé : une explosion venait de se produire tout près de chez nous.

Une explosion, c'est forcément un attentat.

Mon grand frère Eytan, qui est infirmier militaire, est aussitôt sorti avec sa trousse de secours. Papa a hésité un instant, puis il l'a suivi. Maman m'a serrée dans ses bras en pleurant et a fait comme d'habitude quatre choses à la fois : elle a allumé la télé, la radio, Internet, et s'est jetée sur son téléphone portable. C'est ce que j'appelle une réaction hautement technologique.

J'ai fui dans ma chambre en sachant que personne ne me demanderait dix fois d'éteindre la lumière et que demain, même, je pourrais arriver en retard au lycée, ou ne pas y aller du tout, nul ne me demande rait des comptes. Il suffirait de dire : l'attentat a eu lieu dans mon quartier, dans ma rue, j'ai fait des cauchemars toute la nuit, j'ai fait une chute de tension, je ne pouvais pas marcher, j'avais trop peur de sortir de chez moi. Et madame Barzilaï me croira, même si, demain, on a un contrôle de maths.

Quelques minutes après l'explosion, nous avons entendu les sirènes des ambulances. Elles font un bruit horrible, un bruit qui déchire l'air et les tympans. Un miaulement affreux de chat qui aurait la queue coincée dans une porte, amplifié par une sono digne d'un concert de hard rock. Cinq, six, sept ambulances, mais je ne les ai pas toutes comptées.

J'entends Maman qui n'a pas lâché le téléphone, et la voix claire et saccadée d'une correspondante de la radio, ou de la télé. Il y a certainement des morts. Il y a presque toujours des morts. Mais je ne veux pas savoir combien, ni qui. Pas aujourd'hui. Précisément parce que c'est arrivé juste à côté de chez moi.

Je voudrais mettre le silence à fond, mais comment fait-on ?

Je suis allée dans la cuisine boire un peu de vodka au citron. Maman ne m'a pas vue. J'ai pris en passant les bouchons que Papa met dans ses oreilles lorsqu'il va à la piscine. Avec ça plus mon gros oreiller sur la tête, j'ai peut-être une chance de dormir, même si je sais que demain, lorsque je me réveillerai, personne ne me dira que tout va bien, et que j'ai juste fait un cauchemar.

Je n'ai pas bien supporté la vodka. Apparemment, un demi-verre, c'est trop pour moi. Ce matin, j'avais mal à la tête, et le visage tout gonflé. «Tu ressembles à Bugs Bunny», m'a dit Eytan en ébouriffant mes cheveux. Mon frère est le seul être au monde qui ait le droit de me décoiffer sans se prendre une baffe dans la seconde. Il le sait et en profite.

Il m'a souri. Il n'avait pas la tête de quelqu'un qui a passé la nuit à voir des horreurs. Mais c'est quoi, la tête de quelqu'un qui a vu des horreurs? Il a vingt ans, il fait son service militaire à Gaza, des horreurs, il en voit tous les jours certainement, ou tous les deux jours lorsque c'est calme. J'imagine qu'il a appris à ne pas voir, ou à oublier, pour ne pas ressembler trop tôt à un vieillard.

C'est étrange. Je crois que je n'ai jamais autant écrit qu'entre hier et aujourd'hui. Il y a des filles dans ma classe qui tiennent un journal et qui racontent chaque jour ce qui leur arrive. Je n'ai jamais fait cela. Ni pour disséquer mes histoires d'amour, ni pour dire que mes parents sont vieux et nuls, ni pour étaler mes rêves. Enfin, je suppose que c'est ce que l'on écrit dans un journal.

Le jour de mes treize ans, ma grand-mère m'a offert le *Journal* d'Anne Frank, l'histoire de cette jeune Juive hollandaise qui a vécu deux ans cachée avec sa famille pendant la Seconde Guerre mondiale, avant d'être déportée. Elle rêvait d'être écrivain et, surtout, de vivre libre, de pouvoir aller au cinéma, se promener dans un jardin, regarder les arbres et écouter le chant des oiseaux sans avoir peur d'être prise et tuée par les nazis. Dans la cachette, il y avait une autre famille avec un garçon, Peter, dont elle était amoureuse. Je me suis souvent demandé si elle l'avait vraiment aimé, ou si elle n'avait pas eu le choix, parce que c'était le seul garçon dans son entourage.

Ce qui m'a fait le plus mal, c'est qu'à la fin du livre il était écrit : Anne Frank est morte deux mois avant la libération du camp de Bergen-Belsen.

Deux mois… C'est si peu. J'ai relu cette phrase dix fois et ensuite, pendant longtemps, j'ai eu envie de serrer la main d'Anne Frank, de lui dire : « Tiens bon, ton enfer va bientôt prendre fin, il ne va pas durer toute ta vie, juste huit petites semaines, tiens bon et tu seras libre, tu pourras aller au cinéma, regarder les arbres et écouter le chant des oiseaux, tu pourras même être écrivain. S'il te plaît, vis ! »

Mais je n'ai pas de super pouvoirs, pas de machine à remonter le temps et c'est ça qui est désolant, quand on y pense.

Je ne sais toujours pas pourquoi j'écris tout ça. J'ai des notes correctes en littérature, sans plus, et je ne rêve pas de devenir écrivain. Ce que je souhaiterais, moi, c'est faire du cinéma, être metteur en scène. Ou alors pédiatre, je n'ai pas encore vraiment choisi. Mais, depuis hier soir, j'ai un besoin incroyable d'écrire, je ne pense qu'à ça. Comme s'il y avait un fleuve de mots qui devait sortir de moi pour que je puisse vivre. J'ai l'impression que je ne pourrai jamais m'arrêter.

Je n'ai pas pu échapper aux informations. Mes yeux voient, mes oreilles entendent, les journaux et la radio sont partout, et ils racontent la tragédie.

Le terroriste s'est fait exploser à l'intérieur du café Hillel. On a ramassé six corps. Ça s'appelle un attentat moyen, c'est-à-dire qu'on va en parler pendant deux jours, et un petit peu encore dans les suppléments des journaux du week-end. Il y a eu un drame. Un drame à l'intérieur du drame. Une jeune fille est morte, en compagnie de son père. Elle devait se marier aujourd'hui. Elle a été tuée quelques heures avant d'enfiler sa jolie robe blanche, quelques heures avant que le photographe emmène le jeune couple dans les plus beaux endroits de Jérusalem pour faire des photos de prince et de princesse qui auront beaucoup d'enfants. Le marié-qui-n'avait-pas-eu-le-temps-de-se-marier était abasourdi devant le cercueil Il a voulu passer l'alliance au doigt de sa fiancée mais le rabbin a refusé, il a dit que la loi religieuse interdisait de célébrer une union avec une morte.

Je me demande si la loi religieuse a consacré un chapitre à la conduite qu'il faut tenir en cas de désespoir.

Je ferme les yeux pour oublier le visage de la jeune fille qui ne se mariera jamais. Elle avait tout juste vingt ans. À peine trois ans de plus que moi. À quoi ressemblerait ma vie si je savais qu'il ne me restait que trois années avant de mourir? Je n'en sais rien, c'est certainement une question idiote et inutile, mais c'est surtout une question à laquelle je ne peux cesser de penser.

Lorsque la peur revient, comme ces jours-ci, j'ai l'impression que nous oublions tous qui nous sommes.

Nous nous regardons comme des victimes potentielles, comme des corps qui peuvent devenir sanglants et inertes parce que quelqu'un aura choisi de se faire exploser juste à côté. *J'ai envie de savoir qui je suis, de quoi je suis faite. Qu'est-ce qui ferait que ma mort serait différente d'une autre ?* Si je prononçais cette phrase devant mes parents, ou mes amis, ils ouvriraient de grands yeux et me diraient gentiment que j'ai besoin de me reposer. Ce doit être pour cela que j'ai décidé d'écrire : pour ne pas effrayer les autres avec ce que j'ai en tête, et qu'ils décrètent dans la foulée que je suis folle.

Voir voler les colombes

Je m'appelle Tal Levine. Je suis née le 1er juillet 1986 à Tel-Aviv, mais je vis ici, à Jérusalem. Je sais que tout le monde sur Terre connaît le nom de Jérusalem et, si les extraterrestres existent, ils en ont certainement entendu parler aussi, c'est une ville qui fait beaucoup de bruit. Mais personne ne la connaît comme mon père et moi. Mon père est passionné d'histoire et d'archéologie, c'est l'un des plus grands guides touristiques d'Israël. Lorsqu'un chef d'État vient en visite, c'est lui qu'on appelle, pour qu'il fasse vivre les pierres avec des histoires. C'est un magicien : il a des yeux verts et limpides qui brillent étrangement lorsqu'il se met à raconter comment le roi David a choisi de faire de cette montagne rocailleuse éloignée de la mer et du fleuve la capitale de son royaume, comment son fils Salomon a bâti un Temple et des palais, comment Nabuchodonosor, puis les Romains, ont détruit le Temple. Il peut parler des heures de Jésus, qui vit les collines de Jérusalem du haut de sa croix avant de mourir. « Tu te rends compte, Tal, me dit-il souvent, c'est ici que tout s'est passé, ici que tout se passera encore. » Et il poursuit en racontant comment, bien plus tard, les croisés venus d'Europe se sont battus contre les musulmans pour reconquérir le tombeau de Jésus. Et puis ces longs siècles où celle que l'on appelle la Ville sainte a perdu toute sa splendeur. La Vieille Ville, minuscule et étouffée dans sa muraille, était, il y a cent ans, toute la ville. «Des ruelles sombres, dit mon père, des ruelles où les ânes se cognaient aux hommes sans se soucier de savoir s'ils étaient juifs, chrétiens ou musulmans. Quelques milliers de braves gens pieux gardaient les lieux saints des trois religions, en pensant qu'ils étaient les derniers à s'en souvenir et que le monde, qui entrait dans une époque moderne, avait déjà oublié que Jérusalem est le cœur de l'univers. Ils se trompaient. Lorsque les Juifs ont choisi de revenir sur la terre de leurs ancêtres pour être un peuple libre, les rivalités sur la ville ont commencé. Les Juifs disaient qu'ils avaient été là les premiers, trois mille ans auparavant, que c'était écrit dans la Bible, et que, pendant les deux mille ans où ils n'avaient pas eu de pays, toutes leurs prières étaient tournées vers Jérusalem. Les musulmans répondaient qu'ils étaient là depuis treize siècles, ce qui n'est pas tout à fait rien, et que leur prophète Mahomet s'était envolé vers le ciel d'ici. Les chrétiens essayaient de placer un mot en rappelant que Jésus était mort là, et que, s'il venait à ressusciter, il y avait de fortes chances que ce soit au même endroit, alors ce serait bien qu'il y ait sur place quelques-uns des leurs pour l'accueillir. Mais tu vois, Tal, au lieu d'aimer cette ville comme elle le mérite et de s'entendre, ils se sont battus pour elle depuis plus de cinquante ans, comme des hommes pouvaient se battre naguère pour une femme, avec passion, avec un peu plus de haine au cœur chaque jour pour leur rival. Ils ne s'aperçoivent même plus que leurs guerres blessent, chaque fois plus violemment, celle qu'ils prétendent aimer, et qu'ils la détruisent, d'une certaine façon. »

C'est ainsi que mon père parle. C'est ainsi qu'il est un merveilleux poète, un conteur avec lequel je peux marcher pendant des heures en voyageant dans le temps, en regardant ma ville avec d'autres yeux que la plupart des gens. Je sais qu'il y a dans le monde des villes magnifiques, je rêve de voir Paris, Venise, Pékin et New York, mais je sais déjà que c'est ici que j'ai envie de vivre.

De vivre, et pas de mourir.

J'y reviens, je ne peux pas penser longtemps à autre chose, je ne peux pas oublier que l'attentat s'est produit juste à côté de chez moi.

Il y a quelques années, j'étais partie avec mon père et Eytan en randonnée, près de la mer Morte. Je suis tombée et me suis fait une vilaine blessure. Elle était vraiment laide et effrayante mais je ne pouvais pas détacher mes yeux de ce sang, de cette longue ouverture qui allait du genou à la cheville, et qui me donnait l'impression que ma jambe n'était plus ma jambe.

Là, c'est exactement la même chose, sauf que je suis entière. Mais, dans ma tête, je suis en morceaux. Je me dis que nous allons souvent au café Hillel, avec Eytan lorsqu'il est en permission, ou avec mes copines. Je me dis qu'on aurait pu y être. Je ne comprends pas que la vie tienne à si peu de chose : avoir envie ou pas d'aller au café d'en bas.

Depuis trois ans, nous avons eu à Jérusalem un nombre incalculable d'attentats. Parfois tous les jours, ou même deux fois par jour, on n'arrivait plus du tout à suivre les enterrements à la télé et à pleurer avec les familles, il y en avait trop.

Les gens disent qu'ils s'habituent. Moi pas.

J'ai grandi dans l'idée qu'entre les Palestiniens et nous il pouvait y avoir autre chose que des corps déchiquetés, du sang et de la haine.

J'avais sept ans en 1993, mais je me souviens très bien du 13 septembre. Papa et Maman n'étaient pas allés travailler, ils avaient acheté des kilos de chips, des petites saucisses, des pistaches, et du champagne aussi. Ils avaient les yeux brillants et ne tenaient pas en place devant la télé allumée.

C'est très rare que la télé soit allumée dans la journée.

C'est encore plus rare que mes parents achètent des cochonneries à grignoter.

C'est rarissime qu'ils nous laissent, Eytan et moi, nous empiffrer sans rien dire.

Et c'est carrément incroyable qu'ils m'aient donné, à sept ans, du champagne à boire.

C'est certainement pour toutes ces raisons que je me souviens si bien du 13 septembre 1993. Sur l'écran, devant un palais en sucre glace, se tenait notre Premier ministre, Yitzhak Rabin. À côté de lui, il y avait un type qui ressemblait à un acteur de série américaine. En fait, c'était le président des États-Unis, Bill Clinton. Il a pris Yitzhak Rabin par l'épaule et l'a rapproché d'un drôle de monsieur qui portait un foulard à carreaux noirs et blancs sur la tête. J'ai compris d'après ce que disait le commentateur qu'il s'agissait de Yasser Arafat, le représentant des Palestiniens. Les deux hommes se sont serré la main et les milliers de gens bien habillés qui étaient sur la pelouse de la Maison-Blanche (c'était marqué sur l'écran: «en direct de la Maison-Blanche, Washington») ont applaudi comme s'il s'était agi d'un exploit fabuleux.

Là, pour la première fois, j'ai vu mon père et ma mère pleurer. J'étais très gênée, et je crois que je leur en ai voulu. Ils avaient tout à coup des visages d'enfants fragiles, des visages baignés de larmes incompréhensibles et j'avais eu envie de leur dire: «Reprenez vite vos visage sérieux, sévères ou tendres, mais redevenez mes parents, et les parents ne pleurent pas, que je sache. Ils savent tout, ils sont très solides et très forts, ils ne se mettent pas à chialer de façon ridicule parce que deux hommes se sont serré la main.»

Je me souviens avoir eu très peur aussi, parce que, si mes parents pleuraient, ça voulait dire qu'un grand malheur était arrivé, et que notre vie allait changer. Le champagne, les chips, les petites saucisses et les pistaches étaient certainement là pour fêter notre dernier moment ensemble ou un événement dramatique et irréversible de ce genre.

Papa m'avait lancé un regard:

– Viens près de moi, Tal.

Il m'avait prise sur ses genoux, m'avait caressé le visage et avait dit:

– On pleure parfois de bonheur, ma douce. Et nous, nous sommes très heureux aujourd'hui. Ce que tu vois est d'une grande importance : les Palestiniens, et nous, les Israéliens, allons enfin nous entendre pour vivre ici en paix. Il n'y aura plus jamais, jamais de guerre, peut-être qu'Eytan et toi ne serez même pas obligés d'aller à l'armée. C'est une nouvelle qui nous bouleverse, parce qu'on en a rêvé longtemps.

Il y croyait, mon père. Et, comme je crois tout ce qu'il me dit, nous étions au moins deux, ce jour-là, à voir des colombes blanches voler dans le ciel de Jérusalem.

Une lettre, une bouteille, de l'espoir

C'est arrivé ce matin, pendant le cours de biologie de madame Feldman. Comment vient une idée ? Dans les dessins animés, il y a une ampoule qui s'allume. Tlink ! Le héros sourit, il est content, comme Dieu dans la Bible au premier jour de la Création, il a voulu que la lumière soit et la lumière fut. Mais moi je ne cherchais rien, je ne me sentais pas particulièrement dans l'ombre. J'écoutais attentivement madame Feldman nous expliquer la génétique en prenant pour modèle des petits pois. Ça m'amusait, de penser à un monsieur Petipois et une madame Petipois qui décident d'avoir des enfants et se demandent anxieusement s'ils seront fins et délicieux, ou gros et fripés, et, surtout, s'ils auront du goût. Et puis, tout à coup, j'ai entendu dans ma tête : *il faut que j'envoie ce que j'ai écrit à quelqu'un.* C'était ma voix silencieuse, celle qu'on a tous, la voix dans notre tête quand on pense. Peut-être qu'une phrase de madame Feldman l'avait réveillée. Elle avait dit quelque chose comme : « La génétique permet d'étudier de près les ressemblances et les différences de sujets appartenant à la même espèce, et de comparer les espèces entre elles. » Puis il y a eu un grand brouhaha parce que Dov, le pitre de la classe, a levé la main pour poser une question. Madame Feldman était ravie qu'il participe au cours pour une fois et elle s'est tournée vers lui, le menton en avant, un grand sourire aux lèvres·

– Oui, Dov?

– À propos, madame, savez-vous ce qui est petit, vert, qui monte et descend dans un ascenseur?

La classe entière a éclaté de rire et madame Feldman, qui ne connaissait apparemment pas la blague, ou qui l'avait oubliée depuis trente ans, s'est fâchée.

J'ai entendu de nouveau la voix: *oui, c'est ça, il faut que quelqu'un me lise, de l'autre côté.*

Au cours suivant, en histoire, je n'ai rien écouté du tout parce que j'étais tout excitée. J'écrivais, mais je ne prenais pas de notes. Efrat, ma meilleure-amie-toujours-assise-près-de-moi, a chuchoté:

– Tu fais quoi, là?

– J'écris une lettre, ai-je répondu en posant une main sur la feuille.

– À qui?

– À... à Ouri, ai-je bredouillé.

Elle a levé un sourcil incrédule:

– Ouri? Mais tu l'as vu hier et tu le vois tout à l'heure à la récré! En plus, vous ne vous écrivez jamais.

Ça, c'est le problème avec les meilleures amies: on leur dit tout, on partage tout, et à la fin on ne peut pas avoir deux centimètres de jardin secret sans qu'elles se transforment en supers inspecteurs du FBI pour retourner la terre jusqu'à ce qu'elles trouvent un os.

– Eh bien, tu vois, je me suis aperçue qu'il y avait des choses qu'on ne pouvait pas dire et qu'il était plus facile d'écrire, ai-je répondu avec assurance cette fois.

Son visage s'est illuminé :

– C'est une lettre de rupture ?

Je l'ai fusillée du regard et je lui ai dit que, si j'écrivais une lettre de rupture à Ouri, je serais en train de sangloter, et que je ne voyais pas du tout pourquoi cette supposition la mettait dans une telle joie. Elle a haussé les épaules, un peu fâchée, au moment même où le prof d'histoire, qui se croit toujours très spirituel, nous a lancé :

– Les deux commères, là-bas, on n'est pas sur un marché, hein ? Vous aiguiserez vos mauvaises langues après mon cours, s'il vous plaît.

Je déteste les profs qui pensent que les filles bavardes sont des commères, et les garçons bavards, simplement des mecs qui ont besoin de se défouler un peu. C'est le cas du Rosier. (Bien sûr, notre prof d'histoire ne s'appelle pas le Rosier, mais Rosenbaum. Maman m'a dit que ça signifiait « rosier », en allemand. Efrat et moi en avions ri pendant deux jours et depuis, c'est son surnom officiel au lycée.)

Toute la classe a ricané. Je leur en ai voulu. Aux filles, surtout. Mais il faut croire que la solidarité féminine ne résiste pas aux mauvaises blagues d'un prof misogyne.

Efrat s'est tournée vers le tableau d'un air concentré et j'ai pu être enfin tranquille pour commencer ma lettre, que je colle ici :

Chère toi,

Si un jour tu lis cette lettre, tu sauras déjà certaines choses sur moi. Tu connaîtras mon nom, mon âge, la profession de mon père, le nom de ma meilleure amie, et même le surnom de mon professeur d'histoire.

Moi, j'ignore tout de toi.

J'imagine que tu as de longs cheveux bruns, des yeux noisette et – j'ignore pourquoi – un air rêveur.

J'imagine que tu es souvent triste.

J'imagine que tu as le même âge que moi, mais j'ignore si, à dix-sept ans, tu te sens très vieille ou très jeune.

J'imagine que les battements de ton cœur s'accélèrent parfois, mais quand, pour qui ?

J'imagine que tu te demandes comme moi qui tu seras dans dix ans et que tu ne peux rien voir de précis.

J'imagine que tu as des petits frères qui t'embêtent, mais que tu aimes bien quand même.

Et tu as peut-être un grand frère que tu adores, comme moi.

Tu vois, j'ai commencé à écrire ces pages juste après l'attentat qui a eu lieu près de chez moi. Aujourd'hui encore j'entends le terrible « boum », et pas une heure ne passe sans que je voie le visage souriant et les cheveux lisses de la jeune fille qui devait se marier.

Tu sais sûrement que, lorsqu'il y a un attentat, tout le monde se demande comment les Palestiniens peuvent faire ça, tuer des innocents. Moi aussi, je me suis souvent posé la question.

Et puis, je me suis dit que ça ne rimait à rien de dire « les Palestiniens ». Que, chez vous comme chez nous, il y a for-

cément des gros et des maigres, des riches et des pauvres, des bons et des cons.

J'ai plein de peurs et plein d'espoir en t'écrivant. Je n'ai jamais écrit de lettre à quelqu'un que je ne connaissais pas. Ça fait bizarre. Je ne suis pas sûre de parvenir à te dire ce que j'ai envie de te dire.

Tu déchireras peut-être cette lettre et les pages qui précèdent. Tu ne ressens peut-être que de la haine en entendant le nom d'Israël. Tu te moqueras peut-être de moi. Ou peut-être n'existes-tu pas, tout simplement.

Mais si cette lettre a la chance de te trouver, si tu as la patience de me lire jusqu'au bout, si tu penses comme moi que nous devons apprendre à nous connaître, pour mille bonnes raisons, à commencer par nos vies que nous voulons construire dans la paix parce que nous sommes jeunes, alors réponds-moi.

Je n'arrive pas à t'en dire plus, je ne sais pas si ce que je fais est bien ou mal, fou ou juste excentrique, utile ou inutile.

Je vais mettre ces feuillets dans une bouteille, celle que nous avions bue le 13 septembre 1993. Papa et Maman la gardaient en souvenir de ce grand événement mais tant pis, je leur dirai que je l'ai cassée.

Je donnerai la bouteille à Eytan. Je lui fais confiance : il ne dira rien à personne. Et il fera ce que je lui demanderai : il jettera la bouteille à la mer, chez toi, à Gaza.

Bien sûr, si Efrat savait tout ça, elle me dirait qu'une bouteille à la mer, ce n'est pas un moyen de communication dans un monde moderne, que je me fais des films. Et je lui répondrais que, justement, je veux faire du cinéma. Mais j'ai comme l'idée que, pour faire du cinéma, il faut d'abord bien connaître la réalité.

Je ne sais pas si la poste fonctionne bien entre les territoires palestiniens et nous, s'il y a de la censure. Alors je te donne une adresse électronique que j'ai spécialement créée pour toi. C'est bakbouk@hotmail.com

Voilà, j'espère que tu me répondras. C'est un peu plat comme formule mais c'est la vérité : j'espère vraiment.

À toi,
Tal

Hier soir, je suis rentrée dans la chambre d'Eytan avant qu'il retourne dans sa base. Sur son lit, il y avait une collection impressionnante de chaussettes et de tee-shirts, des paquets de cigarettes, des CD, son lecteur de CD. Et son arme aussi, bien sûr, que j'ai évité de regarder.

Comme chaque fois lorsqu'il part, j'ai pensé qu'il allait vers le danger, que pas un mois ne se passe sans que nos soldats meurent à Gaza. Maman a toujours du mal à retenir ses larmes et lui, du mal à retenir son agacement.

– Ouh, ouh, j'ai pris quelques centimètres depuis la crèche, tu sais, Maman. Je ne suis plus tout à fait un bébé, lui dit-il du haut de son mètre quatre-vingts.

– Je sais, mais je n'aime pas te savoir là-bas.

– Alors, il fallait vous débrouiller pour nous préparer un autre avenir.

Maman déteste cette phrase. Elle n'aime pas être directement tenue pour responsable de la situation au Proche-Orient. Mais, comme elle ne veut pas se disputer avec son grand garçon de vingt ans juste avant son départ (et s'il ne revenait pas?), elle ne dit rien, elle l'embrasse, lui donne de l'argent et lui demande s'il a bien pris le chargeur de son portable.

Mon grand frère m'a souri :

– Toi aussi, tu veux me faire des recommandations avant le départ?

– Eytan, j'ai quelque chose à te demander, ai-je dit en serrant la bouteille, que j'avais emballée, dans mes bras.

Il m'a regardée d'un air moqueur :

– Tiens, tu joues de nouveau à la poupée?

– Je te rappelle que je n'ai JAMAIS joué à la poupée, parce que tu m'avais dit que les poupées se réveillent la nuit et que parfois elles mordent les doigts de pied et saccagent tout.

– Et tu m'as cru? s'est-il étonné.

– Évidemment! Mais écoute-moi, je suis très sérieuse, ai-je repris. Dans ce paquet, il y a une bouteille. J'aimerais que tu la jettes dans la mer, à Gaza

Le sourire a disparu de son visage.

– Tal, tu es folle? Je n'ai pas le droit de jeter n'importe quoi, n'importe où, surtout là-bas! Si quelqu'un me voit, il risque d'y avoir une enquête, on m'arrêtera peut-être. Tu ne te rends pas compte Gaza, c'est un baril de poudre. Tu craques une allumette et tout saute. Il faut que tu me dises au moins ce qu'il y a dans cette bouteille, et pourquoi tu veux que je la jette là-bas.

– Non, je ne peux pas te le dire. Enfin, je ne veux pas te le dire. Mais je te jure que ce n'est ni de la drogue, ni des armes, ni une forme quelconque de contrebande.

Il a réfléchi un instant, les sourcils froncés :

– Tu es sûre que ce n'est pas une connerie ?

– J'en suis certaine. Je t'en supplie, fais-le. Je ne peux le demander qu'à toi.

Il a pris le paquet et l'a fourré au milieu de la pile de tee-shirts en soupirant :

– D'accord. Mais tu es une drôle de fille…

Je l'ai embrassé sur les deux joues. Très fort.

Maintenant, il ne me reste plus qu'à attendre. En espérant qu'Eytan n'aura pas d'ennuis à cause de moi.

Et en croisant les doigts pour qu'il se passe quelque chose, bien sûr.

Quelque chose de beau.

La réponse

De : Gazaman@free.com
À : bakbouk@hotmail.com
Objet : (pas d'objet)
Salut,

Je te préviens d'emblée, je n'ai pas de longs cheveux bruns, des yeux noisette – des sourcils épilés aussi peut-être ? – et tout le tralala qui tartine la moitié de ta lettre. J'ai plutôt une moustache noire et des poils plein les jambes. Enfin, pour la moustache, je rigole, je l'ai rasée il y a quelques années, à cause des gens de ton peuple d'ailleurs…

Qu'est-ce que j'ai ri en lisant ta lettre ! À m'en tordre les côtes. Lance-toi dans le comique, tu es promise à une grande carrière, surtout du côté de Gaza !

Mademoiselle « bouteille pleine d'espoir dans un océan de haine », je t'informe que je suis un garçon, eh oui, quand on envoie une bouteille à la mer, il faut s'attendre à tout, y compris à ce que ce ne soit pas le destinataire de ses rêves qui la reçoive. D'ailleurs, si une fille l'avait trouvée, ta bouteille, elle en aurait certainement fait un bougeoir sans pouvoir lire ta jolie prose de fifille-à-son-papa toute pure et sensible. Les Palestiniennes ne parlent pas hébreu, ma vieille, en tout cas pas à Gaza. Tu n'imagines quand même pas qu'on nous enseigne la *langue de l'ennemi* en première langue, avec grand contrôle à la fin de chaque trimestre et une préparation au bac où on étudierait *vos* auteurs ? Tu n'imagines pas qu'un gamin risquerait de recevoir une raclée de son père parce qu'il a eu un zéro en *hébreu* ? Si moi je peux te lire, t'écrire, et même me foutre de ta gueule, c'est parce que j'ai été obligé d'apprendre l'hébreu, et j'ai même...

Je n'ai pas envie de t'expliquer. Je te réponds parce que tu m'as fait passer un bon moment avec toutes tes histoires, tu n'écris pas trop mal. Pour le reste, la main tendue vers les méchants Palestiniens qui ne sont peut-être pas si méchants, ton goût pour le cinéma, ton père, tes profs, ta copine, tout ça : je m'en fiche !

Et encore, je suis poli...

Inscris-toi à un cours de cinéma, ça t'empêchera d'écrire « sans savoir pourquoi ». Ou envoie ta lettre à un concours genre « Des enfants pour la paix ». Je suis sûr que l'Unesco organise plein de trucs de cet acabit avec des dessins de gamins où on voit des colombes blessées qui ressemblent à des poules mal égorgées, des rameaux d'olivier qui jonchent le sol et des poèmes où le mot « paix » apparaît en acrostiche. (Oui, en acrostiche ! Tu te rends compte, à Gaza aussi on bourre la tête des élèves de mots dont ils ne se serviront qu'en cours de littérature ! Mais on est presque pareils toi et moi, ma parole !)

Mon petit cousin, il a participé à un concours de ce genre l'an dernier et il était très content de recevoir une boîte de chocolats. Sauf que l'ONG qui la lui avait donnée avait acheté les boîtes en Israël et son père l'a foutue à la poubelle. On ne mange pas le chocolat de l'ennemi, qu'il disait à Yacine. Et Yacine, bien sûr, il pleurait, il disait que c'étaient les chocolats de la paix et qu'il avait travaillé dur pour recopier son poème sans faire de fautes, et pour colorier le sang de la colombe sans dépasser, mais le père était inflexible. C'est un dur, mon oncle Ahmed.

Bon, je ne vais pas te raconter ma vie. C'est ce que tu veux mais moi, je ne le veux pas. Je ne suis pas un singe qu'on observe pour déterminer ses ressemblances avec l'homme. Pour ça, tu as ta prof de biologie.

Adieu et à jamais!

Moi

P.-S. : elle n'était pas dans la mer, ta bouteille, mais juste un peu enfoncée dans le sable. Ton frère doit plus avoir le sens des réalités que toi.

P.-S.2: «Gazaman», c'est nettement mieux que «bakbouk». Ça ne te dérange pas de t'appeler «bouteille»? Et tu en as la silhouette aussi, peut-être...

De: bakbouk@hotmail.com

À: Gazaman@free.com

Objet: s'il te plaît...

Cher «Gazaman»,

Pendant deux semaines j'ai regardé dix fois par jour ma boîte électronique et je n'y ai rien trouvé. Alors aujourd'hui, quand j'ai vu que j'avais un nouveau message, mon cœur s'est mis à battre très fort. Toi aussi, tu écris bien, tu sais. Et je ne me moque pas de toi. Tu as tout à fait l'air de quelqu'un qui fait semblant de se foutre de tout, y compris de ma gueule, mais qui n'y croit qu'à moitié.

J'aime bien ta façon de raconter : pendant que je te lisais, je voyais ton cousin Yacine comme si je le connaissais.

Tu m'as répondu sans me répondre, bien sûr. Mais tu m'as répondu quand même. Pour moi, c'est ça qui compte.

Je n'ai pas aimé ta phrase sur les singes en cage mais je l'ai comprise. C'est faux, je n'ai pas envie de t'observer comme un animal curieux. Mais c'est ce que tu as compris, ou voulu comprendre de ma lettre.

Reprenons tout depuis le début s'il te plaît : je suis une fille, tu es un garçon, nous habitons à cent kilomètres l'un de l'autre. Je peux imaginer sans problème la vie d'un jeune Américain qui vit à dix mille kilomètres d'ici. C'est normal : j'ai la télé, le satellite et, au moment où je t'écris, il doit y avoir au moins cinq séries où on met en scène des jeunes dans des collèges américains. (Ma mère appelle ça une transfusion culturelle.) Mais *ta vie à toi*, Gazaman, je ne peux pas l'imaginer. Et ce n'est pas normal. Nous sommes séparés par des années de guerres, d'attentats que des Palestiniens font chez nous, d'opérations militaires que notre armée fait chez vous. Je sais que parfois il y a des bouclages, que vous ne pouvez pas vous déplacer, que la pauvreté s'est intensifiée avec l'Intifada. Je sais aussi qu'il y a des gens qui dansent dans vos rues lorsqu'ils apprennent que des innocents sont morts chez nous. Ça me fait mal et, surtout, je ne comprends pas comment on peut sauter de joie lorsqu'on apprend que des bébés, des jeunes enfants, des hommes, des femmes, des vieillards sont morts, pour la seule raison qu'ils étaient israéliens, et parce qu'ils se trouvaient au mauvais endroit, au mauvais moment.

Mais tout ça ne me dit pas à quoi ressemble ta vie. Je me dis, naïvement peut-être, naïvement certainement à tes yeux, que, si des gens comme toi et moi essaient de se connaître, l'avenir aura des chances d'avoir d'autres couleurs que le rouge du sang et le noir de la haine.

Tu aurais pu jeter ma bouteille, ou t'en servir de bougeoir, comme tu l'as dit. Mais tu m'as répondu et je me raccroche à cette idée. S'il te plaît, laisse-moi (laisse-nous) une chance.

À toi,

Tal

P.-S. : et pour tout te dire, je n'ai jamais reçu de lettre qui m'ait autant intéressée que la tienne. J'aimerais bien te lire encore. Voilà.

De : bakbouk@hotmail.com
À : Gazaman@free.com
Objet : têtu(e)(s)

Cher Gazaman,

Je suis têtue. Tu es têtu. Nous sommes têtus.

Toi dans ton silence.

Moi dans mon envie de correspondre avec toi.

Nous…

Bien sûr, il ne veut rien dire, ce «nous». Mais il pourrait avoir un sens si tu ne jouais pas à cache-cache avec moi. Tu m'as répondu une fois, tu ne peux pas faire absolument comme si nous ne nous étions rien dit.

Toi et moi, nous ne sommes pas très chanceux: nous sommes nés au XXe siècle, le siècle le plus sanglant de l'histoire, comme nous l'a répété hier encore le Rosier. Deux guerres mondiales, la domination de l'empire soviétique sur une partie du monde + des conflits un peu partout avec des armes de plus en plus sophistiquées = des centaines de millions de morts. «C'est mathématique», a-t-il ajouté avec un sourire presque sadique. Nous étions très déprimés en sortant de son cours. Shlomi, notre délégué, a dit qu'on devrait interdire les cours d'histoire, surtout en période de conflit, parce que ça mine trop le moral. Madame Feldman (la prof de bio, pour mémoire) nous a consolés en disant que c'était aussi le siècle des antibiotiques et des vaccins, donc de millions de vies sauvées. En y réfléchissant bien, ça équilibrait certainement les morts dues aux guerres. Après son cours, on a eu informatique avec Sam, médaille d'or olympique des profs. (Il est jeune. Il est beau. Il a des yeux bleus comme le ciel de Jérusalem à six heures du matin. Il est drôle.) Shlomi lui a demandé ce qu'il pensait du XXe siècle.

– Beaucoup de mal, bien sûr. Mais c'est le siècle où nous, les Israéliens, avons eu une terre, un drapeau, un hymne. Et puis, les ordinateurs ont été inventés et ça, c'est bien pour moi, personnellement: autrement, je suis sûr que je serais au chômage à l'heure qu'il est.

Alors tu vois, entre les guerres, les morts, les antibiotiques et les ordinateurs, le XXe siècle a été bien rempli. Mais le XXIe, Gazaman, tu en fais quoi ? L'avenir, ton peuple, le mien, notre guerre, tu ne crois pas qu'on peut en parler, toi et moi ?

Si ça t'amuse, tu peux rester derrière ton pseudonyme, mais pas derrière ton adresse qui ne répond pas.

Salut,

Tal.

Se disputer avec soi-même

Elle m'a envoyé cinq mails et je n'ai pas répondu. L'ennui, c'est que je n'arrête pas de penser à cette fille. Elle vaut plus que mes moqueries. Et puis, surtout, elle est d'une sincérité à couper le souffle.

J'ai trouvé sa bouteille en me promenant au bord de la mer. La plage, c'est le seul endroit où on peut oublier qu'on est parqué dans un sale coin nommé la bande de Gaza. Personne ne peut imaginer le truc, s'il ne l'a pas vu. Le plus simple pour décrire les lieux, c'est d'énumérer tout ce qu'il n'y a pas. Après, je suppose qu'on en a une petite idée : pas de fleuve, pas de forêts, pas de montagnes, pas de vallées, pas de monuments historiques, pas de centres commerciaux flambant neufs, pas de jolies rues avec des cafés et des magasins de luxe, pas de grand parc où les familles vont pique-niquer, pas de zoo. La bande de Gaza, c'est du sable, quelques oliviers, les implantations nickel-chrome où vivent les colons israéliens, et des maisons grises, des dizaines de milliers de maisons grises serrées les unes contre les autres, serrées à en étouffer, d'ailleurs on étouffe vite ici. Bref, la décharge publique de la région. Et un million et demi de Palestiniens qui rêvent d'une Palestine, un million et demi de Palestiniens qui rêvent d'une vie normale (quand ils ne rêvent pas de buter un Israélien, ou mieux, dix, parce que la haine et le désir de vengeance ne coûtent pas cher et se trouvent partout, ce sont les seules denrées qu'on ait en abondance ici, avec le désespoir).

J'étais assis sur le sable, je regardais la mer. J'enviais les poissons qui n'ont pas besoin de laissez-passer pour changer d'eaux. Je pensais aux rêves qu'on avait faits en 1993, aux grands hôtels qu'on voulait construire. Mon père disait: «Vous allez voir, tous les touristes vont venir chez nous, ce sera mieux que le Liban, on a la plus belle plage du monde. Ils passeront tous par ici, nous sommes pile entre les pyramides d'Égypte et Jérusalem. Y aura pas mieux que Gaza Beach...» Il s'imaginait déjà les filles en maillot de bain sur des chaises longues, une promenade plantée de palmiers et de bougainvilliers, des petits cafés où l'on aurait servi du leben, du jus de caroube, du jus de figues de Barbarie, du thé à la menthe.

J'aimais bien l'écouter, au début, c'était une période où tout le monde était joyeux. Nous avions signé les accords d'Oslo avec les Israéliens, Yasser Arafat allait venir à Gaza, les Israéliens allaient partir, dans cinq ans au plus tard on aurait un pays. Non, nous n'étions pas joyeux, nous étions ivres, la tête nous tournait de toutes ces belles promesses de paix. Combien de fois ai-je entendu ce mot, paix, jusqu'à l'étourdissement d'abord, puis jusqu'à la nausée, aux vomissements. Et mon père aussi, à force de transformer Gaza en station balnéaire (dans sa tête, rien que dans sa tête), m'a mis dans un état d'indigestion permanente.

Je pensais à ça, je grattais le sable avec ma main

gauche, je le faisais couler entre mes doigts, je frottais le pouce et l'index pour ressentir le moindre grain. C'est incalculable, tout ce qu'on peut faire avec du sable.

Je me suis allongé.

Je me suis relevé. Immédiatement. Quelque chose de hargneux m'était entré dans le dos. Je m'en souviens aujourd'hui encore: j'ai eu le sentiment qu'une immense injustice venait de se produire, que j'avais été méchamment agressé juste au moment où j'allais m'oublier dans le sable, au moment où j'allais devenir un corps et une empreinte, en laissant les nausées et les indigestions flotter au-dessus de moi et s'enfuir avec le vent.

J'ai tiré à moi le caillou pour le jeter loin, dans la mer, pour qu'il ait un destin intéressant de sable en se désagrégeant au lieu d'avoir une vie idiote de caillou agressif, mais je me suis retrouvé avec une bouteille entre les mains.

Une bouteille israélienne, je l'ai compris tout de suite, j'ai l'œil. Une bouteille avec des feuilles enroulées à l'intérieur. Je croyais que ça n'arrivait que dans les romans d'aventures sur des îles désertes, mais ça m'est arrivé à moi, ici, à Gaza.

Je me suis allongé de nouveau sur le sable, qui était redevenu accueillant, et j'ai lu.

«Drôle de fille. Idée saugrenue mais touchante. Une Tal qui mériterait certainement le détour, dans d'autres circonstances.» J'ai pensé ça, sur le coup.

J'étais remué par ce qu'elle écrivait et ça m a énervé. Je déteste ressentir deux choses à la fois, c'est comme si je me disputais avec moi-même.

Je suis allé au cybercafé le plus proche. Je lui ai répondu, en prenant soin que personne ne voie à qui j'écrivais. Quand on a un contact pas trop agressif avec des Israéliens, ici, on est vite pris pour un collabo. Et le soupçon équivaut à une condamnation à mort. On sort un jour de chez soi et paf! avant même d'avoir fait trois pas, on se retrouve le bec sur le béton, on laisse l'oxygène aux autres, plus besoin, on est clamsé pour toute la vie. Ah, ah! C'est con, c'est comme ça, c'est la guerre. La guerre imbécile où des Israéliens tuent des Palestiniens, des Palestiniens tuent des Israéliens, et hop, on recommence pour un tour, c'est qui qui avait commencé déjà? Eux? Nous? Toi? Moi? Personne ne se souvient. Mémoire courte, trous de mémoire, amnésie, hypocrisie, mauvaise foi, bon allez, on recommence juste pour voir qui va en tuer le plus, qui est le plus fort: eux avec leurs avions de chasse, leurs obus, leurs M-16 courts et précis, ou nous avec nos bombes humaines pas technologiques pour un sou mais fabriquées en série par le Hamas, et le Jihad islamique, oui, oui, ceux qui prient Dieu cinq fois par jour, qui ont une bosse sur le front à force de se le cogner par terre, qui regardent d'un mauvais œil les filles qui ne portent pas le voile, ceux qui veulent l'impossible, c'est-à-dire mettre les Israéliens dehors, à la mer, tous morts les Israéliens dans leurs rêves, tous noyés, plus un Juif sur les terres arabes et pour nous autres, Palestiniens de la Palestine libérée, la charia, allez, on obéit au doigt et à l'œil aux lois islamiques, on ne boit pas d'alcool, on ne mate pas les filles, on n'écoute pas de rap ni de techno, ça, c'est bon pour les impurs, les Occidentaux, les diables américains ou américanisés. Nous, les musulmans, on est des purs, donc on doit vider la vie de tout son intérêt, attendre tranquillement de mourir, si possible en martyrs, si possible en tuant de méchants Américains, des Juifs là où on peut en trouver et après, pas d'inquiétude, y a le paradis et ses merveilles, le passage sur Terre, c'est rien, un petit épisode de rien du tout qu'il faut remplir en allant à la mosquée cinq fois par jour et en élevant douze enfants le reste du temps.

C'est vraiment ça, la vie?

Merde.

Voilà. Je m'énerve vite quand je pense trop, mais je ne veux pas arrêter de penser. Ma tête, c'est le seul endroit où pas un soldat de Tsahal, pas un type du Hamas, ni mon père, ni ma mère ne peuvent entrer. Ma tête c'est chez moi, mon seul chez-moi, trop petit pour tout ce que j'ai à y mettre et c'est pour ça que je me suis mis à écrire, il y a plusieurs années déjà, j'ai pas attendu la petite Tal gâtée de Jérusalem pour m'y mettre. J'écris puis je brûle, je déchire, je mouille le papier et je le jette aux toilettes, j'ai trop peur que quelqu'un tombe dessus. Mais au moins, ça me fait du bien, ça m'allège un peu. Il y a trop de gens que je déteste, trop de gens qui m'empêchent de vivre, et des panneaux rouges qui n'existent pas mais que je vois partout. Dessus il est écrit: TOUT EST INTERDIT.

Trois coups de feu, sur la place des Rois

De : bakbouk@hotmail.com
À : Gazaman@free.com
Objet : tristesse

Cher Gazaman,

Je sais, je sens que tu me lis. Tu me répondras bien, tôt ou tard, alors je t'écris, ça me fait du bien.

Nous sommes le 4 novembre. Cela fait exactement huit ans que notre Premier ministre Yitzhak Rabin a été assassiné. Hier soir, sur la place qui porte désormais son nom à Tel-Aviv, il y avait un grand rassemblement, comme chaque année. Et comme chaque année, nous y sommes allés, mon père, ma mère et moi. « C'est un pèlerinage qu'on ne peut pas manquer, dit mon père. C'est la preuve de notre fidélité à la vision de paix qu'il avait. » Aviv Geffen, qui était il y a dix ans l'idole des jeunes, a chanté, et David Broza aussi. Il a gratté sur sa guitare son éternelle chanson *Yihiyé Tov*. Maman a murmuré : « Ça fait vingt ans qu'il reprend cette chanson et qu'il dit que tout ira bien, depuis la guerre du Liban. Est-ce qu'il y croit vraiment encore ? »

Le concert et les discours étaient tristes et beaux. Il y a eu une minute de silence à l'heure exacte où Rabin a été assassiné. J'avais des frissons, j'ai revu ce fameux soir où le ciel s'est abattu sur nos têtes, où la terre s'est dérobée sous nos pieds, où nous nous sommes tous sentis orphelins et perdus.

J'avais neuf ans. C'était deux ans après les accords d'Oslo, après le jour où j'avais vu mes parents pleurer de joie. Entre-temps, tu t'en souviens peut-être, il y avait eu les premiers attentats-suicides. Aujourd'hui, plus personne ne s'étonne que quelqu'un tue en se donnant lui-même la mort, mais à l'époque tout le monde se posait la question : Comment est-ce possible ? Comment un homme peut-il sentir son cœur battre, respirer, avoir chaud ou froid, voir la lumière du jour, sentir qu'il est vivant, et actionner un mécanisme qui va faire exploser son corps ? N'a-t-il pas peur ? Et puis, comment peut-il regarder les gens autour de lui, des hommes, des femmes, des enfants, des gens vivants comme lui encore, des gens en bonne santé, qui pensent à leurs petites vies quotidiennes, à leurs soucis, à leurs amours, à leurs enfants ? N'a-t-il pas pitié ? Choisit-il ses victimes ? Des gens beaux plutôt que laids, des jeunes plutôt que des vieux ?

Ce sont des questions terribles que je me pose encore, Gazaman, même si, dix ans après le premier attentat-suicide, on a décrété que c'était comme ça, que c'était la haine et puis voilà.

Je reviens au 4 novembre 1995. La gauche et les mouvements pour la paix avaient choisi de faire un grand rassemblement pour soutenir Yitzhak Rabin, pour lui dire que, même si une partie des Israéliens étaient contre lui et le traitaient de traître parce qu'il négociait avec les Palestiniens, il y avait une autre partie du pays qui le soutenait, qui voulait une solution, qui souhaitait la paix, avec deux États : Israël et la Palestine.

Mes parents n'ont jamais raté une manifestation pour la paix. Ils sont même allés manifester le jour de ma naissance, pour qu'Israël sorte du Liban, sur cette même place à Tel-Aviv ! Maman a eu des contractions au milieu d'une chanson de David Broza justement, ils l'ont transportée d'urgence à l'hôpital et c'est comme ça que je suis née à Tel-Aviv, alors que tous les membres de ma famille, du côté de ma mère, sont nés à Jérusalem depuis quatre générations. « Et tu es née sous le signe du combat pour la paix, me répète mon père. C'est réconfortant. »

Alors, tu vois, le 4 novembre, sur cette place qui s'appelait encore la place des Rois, on était au premier rang, mes parents, Eytan et moi, tant on était arrivés tôt. Eytan et moi avions fabriqué une pancarte où on avait écrit : « Rabin, nous sommes avec toi. » On s'était disputés pour écrire sur la pancarte, en grosses lettres bleues. Maman avait tranché en disant qu'on écrirait tous les deux. J'avais fait une faute d'orthographe dans « avec toi », mais on était pressés, on n'avait pas le temps de recommencer, alors Papa avait dit que ce n'était pas grave, qu'une faute d'orthographe, c'était touchant, c'était le signe que même les enfants étaient concernés par ce qu'il se passait dans le pays.

D'ailleurs, la télé nous a filmés, mes grands-parents nous ont vus et ils ont dit que nous étions très télégéniques.

La soirée était très gaie, il y avait nos chanteurs préférés, on était au moins cent cinquante mille personnes, mes parents rencontraient plein d'amis à eux, c'était la fête. À la fin, sur l'estrade, ils ont tous chanté le *Chant pour la paix*. Même Rabin a chanté. Je le voyais de près, il était un peu rouge, comme moi lorsque j'allais au tableau, et il chantait faux. J'ai ri, parce que c'est assez drôle de voir un Premier ministre chanter, et faux en plus, mais Maman m'a dit que ce n'était pas poli, qu'il faisait comme il pouvait et qu'on ne se moquait pas des gens pleins de bonne volonté.

Nous sommes allés dans un café avec des amis de mes parents. Il y avait beaucoup d'enfants qui continuaient à chanter, et des plus grands aussi. Je me souviens avoir pensé que j'adorais les manifestations, que ça serait bien s'il pouvait y en avoir une par semaine.

Et puis soudain, le patron du café a augmenté le son de la radio. Ça arrive souvent ici, dès qu'il se passe quelque chose de grave.

En quelques secondes, tout le monde s'est tu, à part un bébé qui pleurait.

Un flash spécial. « Un homme a tiré ce soir sur le Premier ministre Yitzhak Rabin, quelques minutes après qu'il est descendu de l'estrade où il avait chanté, avec des dizaines de milliers de personnes rassemblées à Tel-Aviv, le *Chant pour la paix*. Il est dans un état critique, à l'hôpital Yichilov. Nous retrouvons dans un instant notre envoyé spécial en direct de l'hôpital. »

Stupeur. Silence. Des visages abasourdis. La consternation.

Puis les visages de tous les adultes se sont déformés, comme dans un film d'horreur. On aurait dit que leurs joues, leur front, leur menton devenaient liquides, et ce liquide lui-même se noyait dans quelque chose d'invisible. Leurs yeux étaient des lacs effrayés. Ils se mordaient les doigts en gémissant.

Ils ont crié. Ils ont hurlé. Ils ont éclaté en sanglots. Tous. Mes parents aussi, qui se sont jetés dans les bras l'un de l'autre. Et les enfants, avec un temps de retard, se sont mis à sangloter aussi, sans trop comprendre – tout s'était passé trop rapidement – mais c'était bien assez effrayant de voir cette foule qui était si heureuse se transformer soudain en une plainte, un désespoir gigantesque.

Il faut avoir vécu ça pour le comprendre, Gazaman. Il faut l'avoir vu et entendu.

Je me souviens de tout, du moindre détail. Quand j'y repense, je sais que c'est cet instant qui m'a donné envie de faire du cinéma. Je ne saurais pas te dire pourquoi.

Nous sommes restés un long moment au café. À la radio, le journaliste ne cessait pas de parler mais il ne nous disait rien, il ne nous apprenait rien, parce que lui-même ne savait rien. Il répétait que quelqu'un avait tiré sur le Premier ministre Yitzhak Rabin et qu'il aurait bientôt en ligne le chef des urgences de l'hôpital Yichilov.

Quelqu'un a crié : « Ces salauds de Palestiniens ! Ils le paieront cher ! »

Papa et Maman m'ont dit hier soir, après le rassemblement, que tout le monde, ce fameux 4 novembre 1995, pensait qu'un Palestinien avait tué notre Premier ministre. Personne ne pouvait imaginer un autre scénario.

Et pourtant... Une heure après, je crois, le journaliste a annoncé un autre flash spécial. Yitzhak Rabin était mort. Assassiné par un étudiant. Un Juif israélien.

Les cris ont recommencé. Maman a dit: « C'est la fin du monde. Le début de l'Apocalypse. »

Le patron du café n'a pas voulu qu'on paie, il a dit que c'était un soir de deuil, et qu'il ne voulait pas gagner d'argent ce soir-là.

Nous sommes retournés sur la place. Des milliers de gens avaient eu la même idée que nous. Ils marchaient de travers, ils s'arrêtaient, se serraient dans les bras, pleuraient. Un épicier qui était encore ouvert a apporté son stock de bougies. On les a allumées, on s'est assis autour, des jeunes scouts ont chanté doucement, tout doucement, des chansons tristes.

C'était il y a huit ans, Gazaman. Et hier soir, comme chaque année lorsqu'on va sur cette place pour se souvenir de lui, j'ai encore pleuré.

Et j'ai pensé à toi.

Tal

Et le train a freiné brusquement…

De: Gazaman@free.com
À: bakbouk@hotmail.com
Objet: mouais…

Salut, Machine,

Ne crie pas victoire et ne te mets pas à danser toute seule dans ta chambre comme le font les filles quand elles sont contentes. Je t'écris, mais ça ne veut pas dire qu'on est copains, d'accord? On n'a pas gardé les moutons ensemble, c'est le moins qu'on puisse dire. Tu m'as envoyé six mails, je suis poli, je réponds, voilà tout.

Bon, c'est vrai aussi que ton mail sur l'assassinat de Rabin a remué des choses. Je n'étais pas aux premières loges, comme ta famille et toi, mais je m'en souviens parfaitement.

Tu n'imaginais pas ça, hein? Que nous aussi, ici, ça nous ait fait quelque chose, cette histoire? Mais réfléchis un peu dans ta petite tête: y avait un mec, un Israélien, qui avait ouvert les yeux vingt-cinq ans après l'occupation de nos terres, quarante-cinq ans après la guerre qui vous a donné un pays. Il s'était dit: «Tiens, les malheureux gars qui vivent dans des camps de réfugiés et de pauvres villages, ils existent pour de

bon, peut-être même que ce sont des êtres humains. »
Et il s'est mis en tête de vous faire accepter cette idée, de nous donner un petit quelque chose, un bout d'autonomie, un morceau d'indépendance.

Je ne dis pas que ça ait réjoui tout le monde ici, y en a qui sont jamais contents, qui veulent tout et plus, mais c'est une autre histoire.

N'empêche, moi, ma famille et d'autres gens que je connais étions vachement heureux. Nous nous sommes dit : on va enfin avoir une vie normale. Une police à nous (et pas vos affreux soldats !), des feux de signalisation qui marchent, des stars de cinéma locales, une équipe nationale de foot, un service militaire obligatoire, des écoles ouvertes pour tous, toute la journée… (Ça, à vrai dire, c'était le côté embêtant de l'histoire : comme il n'y a pas assez de bâtiments scolaires, les enfants vont à l'école soit le matin, soit l'après-midi. Alors la normalité, c'était pas génial pour ceux qui détestent rester assis toute la journée devant un tableau noir, mais tu imagines bien que personne ne s'en souciait à Oslo, à Washington ou dans la presse, on n'allait quand même pas arrêter le fameux train de la paix pour quelques glandeurs de cancres.)

Et puis Rabin a été assassiné. C'est une voisine qui l'a crié, du haut de sa fenêtre. Elle avait une drôle de voix stridente très aiguë, avec des tremblements. J'ai eu le fou rire parce qu'on ne savait vraiment pas si elle hurlait de joie ou si elle pleurait.

Mon père m'a fusillé du regard. Il a dit merde, merde, merde, c'est mauvais pour nos gueules, et il a allumé la télé.

Tu sais quoi ? Nous aussi, au début, nous avons cru que c'était nous qui l'avions buté. Enfin, un Palestinien, quoi. C'était logique. Le Hamas ou le Jihad avaient décidé qu'il fallait stopper net le train de la paix et la meilleure façon de le faire, c'était quand même de s'en prendre au conducteur de la locomotive. On a flippé. Assassiner un Premier ministre, même israélien, c'est quand même pas rien. Ça allait nous retomber sur la figure. Mais comment ?

Et puis après, ils ont dit que c'était un Juif, l'assassin. Un Israélien. Alors là, on n'y croyait pas. On m'aurait dit que le prochain *Star Wars* allait être tourné à Gaza avec Arafat dans le rôle d'Anakin Skywalker, j'aurais trouvé l'info plus crédible. Certains ont mis plusieurs heures à accuser le coup, d'autres avaient un petit sourire. Tiens, ils se tuent entre eux maintenant. Pourquoi pas, après tout ? Ça nous évite de faire le sale boulot.

Enfin, on a bien vite compris que c'était très mauvais pour nous. Je crois même que le gouvernement israélien a décidé de boucler la bande de Gaza. Tu sais ce que ça veut dire ou je te fais un dessin ? Bon, je te fais un dessin, avec des mots, parce que je ne peux pas dessiner sur un mail.

Là, tu as la bande de Gaza. Vingt-cinq kilomètres de long, dix de large. Autour, des barbelés, avec sept «points de passage». S'il se passe quelque chose d'un peu violent ici, ailleurs, sur la Lune côté israélien, si les Israéliens ont peur qu'on se fasse sauter chez eux, paf! on ferme les points de passage. C'est comme un robinet. Tu tournes, tu serres bien, y a plus d'eau qui coule. Après, ils sont tranquilles chez toi. Les Palestiniens sont enfermés hermétiquement dans leur jus, des cornichons dans un bocal, si tu veux.

Bref, on n'avait rien fait, mais on s'est retrouvés bouclés. Comme un gamin qui se prend une baffe. « Mais j'ai rien fait, Papa ! – Ferme ta gueule et file dans ta chambre, sinon tu t'en prendras une autre et tu comprendras pourquoi. »

Alors voilà. Rabin était mort, le train était arrêté et nous on était plantés dans la gare, sans savoir si un prochain train était prévu. Totale mouise.

Il faut vivre avec ça, mademoiselle Rosée-du-Matin (je connais bien mon hébreu, hein ? Je sais même ce que veut dire ton prénom). Il faut vivre avec cette idée que, quoi qu'il arrive par ici, ça nous retombe toujours sur la gueule.

Tu trouves ça juste, toi ?

Salut,

Gazaman

De : bakbouk@hotmail.com
À : Gazaman@free.com
Objet : WANTED

Nom : inconnu.
Âge : inconnu.
Situation de famille : inconnue.
Profession : inconnue.
Nom du père : inconnu.
Nom de la mère : inconnu.
Nombre de frères et sœurs : inconnu.

Passe-temps favori : se moquer des autres ?

Lieu de résidence : Gaza.

Pseudonyme : Gazaman.

Signes particuliers : prétend être poli mais écrit « salut, Machine ». Possède le sens de l'humour, je dirais même de l'humour juif. Le goût du secret, aussi.

Merci pour ton compte rendu de l'assassinat de Rabin vu par les yeux d'un Palestinien. C'était vivant, si on peut dire, intéressant, avec un sens manifeste de la description. Mais tu n'es pas obligé de me casser systématiquement, c'est ridicule. J'ai quelque chose dans la cervelle, figure-toi, et s'il faut rajouter une louche d'ironie toutes les cinq lignes pour te le prouver, je vais m'y mettre dès aujourd'hui. Tu l'ignores peut-être, mais nous sommes les champions de l'humour classique, de l'humour noir, de l'ironie et des vannes qui fusent. Un peuple qui a souffert pendant deux mille ans a forcément appris à se fabriquer des munitions contre le désespoir.

Si tu es vraiment poli, présente-toi enfin.

Et, pour répondre à ta question : non, ce n'est pas juste, que tout vous retombe sur la gueule.

Pas le temps de t'en dire plus aujourd'hui. J'ai un contrôle d'anglais demain, et ce n'est pas en t'écrivant que je vais avancer.

Salut,

Tal

De: Gazaman@free.com
À: bakbouk@hotmail.com
Objet: résultat du match

O.K. T'as marqué, disons, un demi-point. Le petit mail genre fiche de renseignements pour les profs en début d'année, ou les services secrets, c'était pas une mauvaise idée. Ce qui fait que je mène par 48 à 1/2. T'as encore pas mal de chemin à rattraper. Courage, courage, ne t'essouffle pas, je suis sûr qu'une gentille fifille à papa dans ton genre fait du roller et du tennis, avec un joli bandeau dans les cheveux. Tu peux rajouter le jogging, pour l'endurance, ça augmentera tes chances d'améliorer ton score.

Mais il faudra que tu patientes un peu pour les réponses. Là, je dois partir.

Et je ne te dirai pas où.

Moi aussi je peux être très occupé.

Non, mais!

Combattre l'ennui

De : bakbouk@hotmail.com
À : Gazaman@free.com
Objet : il fait trop calme

Bonjour, Gazaman,

L'hiver est arrivé.

Il fait froid.

Les jours ressemblent à de petites parenthèses dans la nuit.

Je suis allée hier au cinéma avec Ouri voir *Le Retour du roi*. En rentrant, on s'est disputés. Pour rien. Pour la première fois.

Je crois que ça a commencé lorsque j'ai dit qu'Orlando Bloom n'était pas mal, bien qu'il ne soit pas mon type.

Lui, il a retenu «pas mal», et sa colère est partie dans tous les sens.

C'est incroyable comme une petite phrase peut déclencher une multitude d'autres phrases. Il a commencé par accuser les filles en général («Vous êtes superficielles, vous ne vous intéressez qu'aux beaux mecs. Et les moches, ils n'ont pas le droit de vivre?» etc.) puis par m'accuser, principalement, de l'aimer moins qu'avant, de ne plus le voir.

Je n'ai pas su quoi lui répondre, j'ai répété plusieurs fois : « Mais non, mais non, tu te trompes. » Il m'a raccompagnée en bas de chez moi, ne m'a pas embrassée, est parti.

Aujourd'hui, c'est samedi. Pas d'école, tout est fermé, la ville est comme morte. Mon frère Eytan n'a pas eu de permission, il est toujours par chez toi, à Gaza. C'est drôle, non ? Enfin, « drôle » n'est certainement pas le mot mais c'est comme ça qu'on dit pourtant quand quelque chose est étrange. Je pense souvent que peut-être ton regard croisera celui de mon frère un jour, et tu ne sauras pas que c'est lui, et lui ne saura pas que c'est toi.

Je me sens toute vide. J'ai appelé Ouri plusieurs fois sur son portable. Ça sonne, puis la messagerie se met en route. Il filtre, bien sûr. Je n'aime pas ça.

Je m'ennuie, je m'ennuie… Tu fais quoi, toi, quand ça t'arrive ?

Réponds-moi,

Tal

De : Gazaman@free.com

À : bakbouk@hotmail.com

Objet : les yeux en face des trous

Si tu veux mon avis, Ouri pense que tu es prise de tête et il en a marre mais il ne sait pas comment te le dire, alors il trouve n'importe quel prétexte pour te le faire savoir. Ou bien il est amoureux d'une autre fille mais préfère que ce soit toi qui le quittes et la meilleure façon, c'est quand même de se disputer un maximum avec toi.

À part ça, y a pas écrit «conseiller conjugal» sur mon front. Qu'est-ce qui fait que ça marche ou pas, entre un garçon et une fille? Elle est où, la frontière entre une histoire pour le lit et une histoire d'amour, avec des cœurs qui font boum, boum, des yeux pleins de larmes de bonheur parce qu'on a en face de soi quelqu'un dont on ne peut pas se passer? J'en sais rien, J'EN SAIS RIEN! S'il te plaît, ne me parle plus de tes histoires d'amour.

Je préfère ton sujet de dissertation du jour: «Tu fais quoi, toi, quand tu t'ennuies?» demanda d'une douce voix la petite fille au grand méchant loup. Et voici ce que le grand méchant loup lui répondit:

À Gaza, tu t'ennuies forcément. Sauf si tu es un vieil homme qui a plein de souvenirs à raconter, ou une mère de famille qui a des repas à préparer, des lessives à faire, des gosses à habiller. Ou une fille, qui aide sa mère à faire tout ça. Ou un homme de trente-cinq ans et plus, qui a le droit de travailler en Israël parce que, statistiquement, les types qui se font sauter ont moins de trente-cinq ans, alors toute cette tranche d'âge, la belle jeunesse, hein, n'a pas le droit d'aller bosser. Ou encore si tu es un bon pratiquant qui se lève à quatre heures pour aller à la première prière, qui prie cinq fois par jour, t'imagines, quand tu parles à Dieu cinq fois par jour, tu ne vois pas le temps passer...

Quand tu n'es rien de tout ça, quand tu es moi, tu es condamné à l'ennui. Et, afin de ne pas mourir d'ennui, tu cherches tous les moyens pour tordre le cou à cette drôle de bête qui te prend à la gorge, te fait tourner en rond en répétant: «J'sais pas quoi faire, y a rien à faire, qu'est-ce que je peux bien faire?»

Première solution: tu joues aux Indiens en vrai (si tu habites un camp de réfugiés). Tu sors avec quelques copains, tu balances des pierres sur des soldats israéliens. Tu es dans le camp des gentils, ils sont dans celui des méchants, c'est simple. Si c'est ton jour de chance, y a un caméraman étranger dans les parages, il te filme en train de jeter ta pierre et ta haine, ça va être toi la star sur les écrans du monde ce soir. Tu enlèves ton tee-shirt pour montrer tes muscles, elle est belle la vie, tu ne sais plus si tu es dans un film ou dans ta réalité, ça n'a aucune importance, tu aimes ça: courir avec les autres, balancer des pierres, courir encore, te cacher avec une petite peur, une toute petite peur au ventre, mais ce n'est pas (encore) la peur d'être tué, juste celle d'être attrapé, c'est comme ça quand on joue à cache-cache, non? Et puis, parfois, t'as un copain blessé, il te vole le premier rôle parce que le caméraman l'a repéré, il zoome sur lui, l'ambulance arrive en faisant hurler sa sirène, tout le monde se replie vers l'hôpital, les médecins râlent parce qu'ils ne peuvent pas travailler dans ces conditions, avec tous ces mômes qui leur tournent autour pendant qu'ils essaient de déterminer si le blessé est légèrement, grièvement ou fatalement blessé. Ils disent «allez ouste, dehors les enfants, allez jouer ailleurs», et toi et tes copains, vous ne savez pas trop quoi faire, alors vous criez, vous manifestez votre colère devant le caméraman étranger qui est toujours là, qui a été refoulé lui aussi après avoir filmé le blessé de près, mais on n'allait quand même pas le faire entrer dans le bloc opératoire, hein ?

Ça, c'est la première option, la plus communément admise, celle que tu vois à la télé, à laquelle tu crois certainement, celle qui fait que tous les gosses de Palestine ont l'air d'être frères, interchangeables. Y en a un qui a été tué ? Pas grave, on trouve trois cent mille doublures, trois cent mille figurants qui ne demandent qu'à reprendre le rôle. Et moi j'en peux plus de ces images, elles me donnent envie de vomir, c'est quoi ce jeu qui passe en direct depuis quinze ans à la télé et qui n'a jamais de fin ? C'est quoi cette caricature ? Même nous, on s'est mis à croire qu'on ne ressemblait qu'à ça, à des gamins qui lancent des pierres sur des méchants soldats pour les chasser. Il n'y a plus de singulier, moi, toi, il, elle, il y a juste un pluriel : les Palestiniens. Les pauvres Palestiniens. Ou les méchants Palestiniens, c'est selon. Mais le pluriel est toujours là. Pour ceux qui nous aiment sans nous connaître, ceux qui nous détestent sans nous connaître, nous ne sommes jamais un + un + un, mais quatre millions. On porte tous notre peuple sur le dos, c'est lourd, lourd, lourd, ça écrase, ça donne envie de fermer les yeux.

Je me calme. J'essaie de me calmer. C'est pas vrai qu'on s'ennuie toujours ici, d'abord. Y a les cybercafés. Pour ceux qui ont de quoi payer, c'est vrai. Mais ils sont presque toujours remplis, remplis de jeunes qui trouvent ça magique. Tu cliques et tu es ailleurs. Tu es le maître du monde, tu possèdes tout. De la musique étrangère. Des joueurs de foot. Des jolies filles aux cheveux lisses et en maillots de bain qui te sourient. Des jeux de stratégie, de réflexion, de combat. Le soleil en train de se coucher à Sydney. Les catalogues des bibliothèques du monde entier. Les films qui viennent de sortir aux États-Unis. Des gens qui racontent leur vie sur un site perso (leur première nuit d'amour, leur premier chagrin, leur accouchement). La météo à Bombay. Des sites de lycées très chers, d'universités très belles, d'associations pour la protection des escargots, d'associations contre le tabagisme, pour le tabagisme, contre les voitures, pour la généralisation de la trottinette, (avec présentation d'un prototype spécial troisième âge, et un autre avec porte-bébé intégré). Des parfums, des voitures, des fringues. Des sites porno, bien sûr. Le journal télévisé suisse. Des *chats* avec des pseudos rigolos. Des *chats* avec des pseudos idiots. Toutes la connerie et la richesse du monde là, sur la Toile.

Et puis y a la télé, bien sûr. Les films égyptiens avec des histoires d'amour pas possibles, les infos *non stop* sur Al-Jazira. Et aussi, dernièrement, une émission à laquelle tout le monde était accro, sur la télé libanaise. Ils font vivre des jeunes ensemble, des jeunes qui veulent devenir chanteurs. Le public vote pour éliminer ceux qui ne lui plaisent pas et, à la fin, il y a un gagnant qui a le droit, l'immense privilège, la chance folle d'enregistrer son album. Personne ne ratait l'émission ici mais les islamistes ont gueulé, ils ont dit que c'était une émission impure et décadente, qu'on ne pouvait pas offrir ça comme modèle aux jeunes musulmans et l'émission a été suspendue. J'ai cru qu'il allait y avoir un grand soulèvement de la jeunesse arabe mais il n'est pas venu, tout le monde a baissé la tête. Et certains, en cachette, se sont rabattus sur votre émission à vous, «Kohav nolad», qui est sur le même principe mais je ne sais pas qui a copié qui. Évidemment, ça intéresse moins parce que c'est en hébreu et que ce sont de jeunes talents ennemis qui chantent mais tout le monde est très content ici que l'Arabe israélien soit encore dans la compétition, et on espère qu'il va gagner.

Une victoire sur vous, sans un coup de feu tiré, tu imagines !

Salut,

G.

Cybercopain ?

De : bakbouk@hotmail.com
À : Gazaman@free.com
Objet : c'est toi le meilleur, d'accord ?

Salut, Gazaman !

Oui, oui, c'est toi le meilleur, *you are the best, man* ! Le meilleur pour m'agacer, en racontant n'importe quoi sur Ouri, en te mettant soi-disant à sa place simplement parce que tu es un garçon et en m'accablant de phrases méchantes simplement parce que je suis une fille. Heureusement que nous nous étions réconciliés, lui et moi, avant que je reçoive ton mail. Il m'a dit qu'il était désolé, qu'il était fatigué parce qu'il révise tard le soir en prévision du bac blanc. Il m'a dit aussi qu'il me sentait distante en ce moment, et qu'il en avait parlé à sa sœur. Elle lui a répondu qu'il était paranoïaque et que mon amour pour lui rayonnait tellement qu'il menaçait l'équilibre climatique de la Terre car il ferait fondre la banquise, à terme. J'adore Shira, la sœur d'Ouri. Je suis sûre que tu t'entendrais bien avec elle. Elle est très drôle, très intelligente, pleine d'énergie et jolie, si tu aimes les filles dans le genre de Jennifer Aniston. (Tu sais qui c'est, quand même ? Elle joue dans *Friends*.) C'est elle (Shira, pas

Jennifer Aniston) qui m'a appris à dire des choses anodines sur un ton catastrophé. Ça paraît très bête comme ça, mais ça fait un bien fou. Il faut s'exercer assez souvent. Par exemple: tu as une mauvaise note en maths. Au lieu d'être simplement embêté, triste, ou d'avoir peur de le dire à tes parents, il faut répéter avec des accents de désespoir dans la voix: «Oh non, ce n'est pas possible! C'est absolument dramatique! Je vais rater mon trimestre, mon année, mon bac! Je n'irai jamais à l'université, je ferai la manche mais personne ne me donnera rien, on me dira que je suis jeune, que je peux travailler, j'ai deux bras, deux jambes, mais personne ne m'embauchera, et si je n'ai pas de travail, je n'aurai pas de famille, pas d'enfants, ma vie est foutue!» Après, tu te souviens que tu as dit tout ça parce que tu avais raté ton contrôle de maths et ça te fait bien rire, tu comprends que c'est un tout petit drame, et qu'une vie n'est pas détruite à cause de ça. Bon, voilà pour Shira. J'ajoute qu'elle prend des cours d'art dramatique à Tel-Aviv, qu'elle joue magnifiquement bien et que, si un jour je fais un film, c'est elle qui aura le premier rôle.

Je reviens à toi. Tu es bizarre, quand tu parles d'amour, ou plutôt quand tu me demandes de ne pas en parler. As-tu déjà été amoureux? Es-tu amoureux en ce moment? Je sais que tu ne me répondras pas, évidemment, et là aussi *you are the best*, Gazaman, c'est toi le champion du monde du secret.

C'est si drôle, que tu connaisses l'émission «Kohav nolad»! Sais-tu qu'ici il n'y a personne dans les rues le mercredi soir, lorsqu'elle est diffusée? Et ne t'inquiète pas pour le candidat arabe, il me semble bien parti pour gagner. Alors, tu vois, partout il est dit que nous sommes racistes et que nous n'aimons pas les Arabes, mais si un Arabe gagne la finale d'un concours de chant, c'est que l'espoir a encore une chance dans cette région, non?

Je suis de bonne humeur aujourd'hui. Légère, heureuse, parce que Jérusalem est plus calme ces derniers temps, parce que mon frère a eu une permission et qu'on va descendre ensemble à Tel-Aviv faire la fête, parce que mon amoureux n'est plus fâché et parce que j'ai l'impression que nous devenons un peu amis, toi et moi.

Enfin, «ami» n'est peut-être pas le mot juste, il faudrait en trouver un autre. «Cybercopain»?

À bientôt. Je t'embrasse,

Tal

De: Gazaman@free.com
À: bakbouk@hotmail.com
Objet: (pas d'objet)

Je ne connais pas Jennifer Aniston, personne n'a eu l'idée de nous présenter jusqu'à ce jour.

Je n'ai aucunement l'envie de faire la connaissance de la sœur de ton amoureux.

Je me fiche, moi, qu'un Arabe israélien gagne un concours de chant à la con. Ça ne changera rien au fait que nous, on n'a pas de pays, pas de vie normale, pas le droit d'aller où on veut, quand on veut. Et c'est un chanteur (mauvais, en plus, si tu veux mon avis) qui va réussir à régler LE problème du Proche-

Orient ? Mais qu'est-ce que tu peux être bête, parfois ! Et même : la plupart du temps. Y a des gens qui voient le mal partout, toi, tu vois de l'espoir partout : à la télé, dans une bouteille, dans une poubelle même, peut-être. On te montre un ciel noir et toi tu dis : « Oh, qu'il est joli, ce ciel rose ! » On te montre un champ de ronces, toi tu fouilles pour chercher une fleur. « Oh ! Regardez, une petite fleur ! C'est un signe d'espoir, ça ! » Je suis sûr que, même dans un film japonais sous-titré en coréen, tu serais capable de reconnaître le mot « espoir ». T'es obsédée par ça ! C'est une maladie, tu sais ?

Tu es heureuse, tant mieux pour toi. Mais je ne suis pas ton cybercopain.

Et puis, je ne vois pas l'intérêt de *prendre* un air catastrophé parce qu'on a eu une sale note en maths. C'est idiot, ton truc. Ici, ma chère, on n'a pas besoin de prendre l'air catastrophé, on l'a tout le temps. Et on a toutes les raisons du monde de l'avoir tout le temps. Je pourrais te faire une liste longue, très longue, de toutes ces raisons. Mais j'ai plus important à faire, tu vois ?

G.

De : bakbouk@hotmail.com
À : Gazaman@free.com
Objet : je suis désolée

Tu es encore en colère, blessé peut-être, et, pour ne pas changer, très dur avec moi. Je ne sais plus comment il faut t'écrire, ce qu'il faut te dire ou pas. Et j'en ai un peu marre que tu me traites de haut sans raison valable, comme si j'étais une idiote qui n'a rien compris à la vie. Et j'en ai ras le bol aussi que tu m'envoies toujours à la figure le fait que *nous* sommes responsables de *tous* vos malheurs ! Tu sais bien que mes parents, moi, toute ma famille, on a toujours milité pour que vous ayez un État, pour que la paix ne soit pas uniquement un mot dans les chansons, les dictionnaires et les discours, mais aussi une réalité. Alors, tu ne peux pas me soupçonner d'être contre toi, contre ton peuple. Et puis, il y a une question que tu ne te poses jamais : ils sont où, vos militants pacifiques ? Pourquoi il n'y a jamais cent mille Palestiniens rassemblés pour réclamer la paix avec nous, sans haine dans les yeux ? Pourquoi l'Intifada a-t-elle éclaté il y a trois ans, alors que nous, les Israéliens, nous étions prêts à vous donner un État ? Comment acceptez-vous que des terroristes tuent des femmes, des enfants, des bébés ? (Je sais, tu vas me dire que notre armée fait la même chose, mais chez nous, il y a des gens qui protestent !) Pourquoi personne, chez vous, ne se rebelle jamais contre ça ou n'empêche ça ? Tu sais ce que mon père a dit un jour ? « Je comprends la lutte armée contre les soldats, et même je l'accepte. Mais pas les attentats contre des civils. » Et il a son fils aîné à Gaza, mon père, il sait qu'on peut lui annoncer sa mort d'un instant à l'autre !

Est-ce que tu penses, parfois, que nous non plus ne vivons pas une situation normale ? Que ce n'est pas normal que des parents tremblent comme des feuilles parce que leurs enfants prennent le bus ou vont au café ? Est-ce que tu sais que les parents d'Efrat lui ont interdit de sortir avec sa sœur le soir ? Comme ça, s'il y a un attentat quelque part, ils ne perdront qu'une fille et pas deux ! Tu trouves normal que des parents pensent à ça ? Et est-ce que tu sais que dans mon lycée il y a trois filles et deux garçons qui ont été blessés dans des attentats, à qui il manque un bras, une jambe, ou qui ont d'horribles cicatrices ?

Alors je suis désolée si je t'ai heurté sans le vouloir, je m'en excuse même, je n'ai aucune difficulté à dire pardon. Mais on dirait que, chaque fois que je m'approche un peu de toi dans mes messages, chaque fois que quelque chose d'amical a des chances de se produire entre nous, tu sors ton armure, tes flèches, et tu me prends pour cible.

Comme tu l'as si bien dit un jour : tu trouves ça juste, toi ?

Tal

De : bakbouk@hotmail.com
À : Gazaman@free.com
Objet : toujours fâché ?

Bon, tu ne réponds pas et moi je me suis calmée entre-temps. J'ai relu tous tes messages depuis le début : ils confirment que tu es un drôle de type, un type compliqué, qui mélange l'humour et la colère. Si tu étais – au hasard – australien, et moi norvégienne, on pourrait s'écrire sans jamais se mettre en colère, aucun conflit n'oppose la Norvège et l'Australie jusqu'à ce jour à ma connaissance. Mais peut-être qu'ils ont moins de choses que nous à se dire, ces gens-là…

En tout cas, je suis sûre de trois choses :

1) Je ne te lâcherai pas, tant que tu ne m'auras pas répondu.

2) Je suis sûre que tu as un vrai secret.

3) Tu m'aimes bien. Oui, tu m'aimes bien. Ou tu aimes bien m'écrire et me lire, ce qui revient à peu près au même.

Paix sur toi, comme on dit en hébreu, et vous en arabe.

Tal

Tal

C'est un drôle de jeu. Qui est le chat? Qui est la souris? Plus de deux mois que nous nous écrivons, et je ne comprends pas où il veut en venir. Quoique, de mon côté, ce ne soit pas très clair non plus. Je ne l'ai pas rencontré sur un *chat*, autour d'un sujet qui nous intéresserait tous les deux – le cinéma, la musique, une série télévisée... Je me suis juste mis en tête de correspondre avec une Palestinienne de mon âge et je suis tombée sur un Palestinien qui n'a pas d'âge, un garçon clignotant qui s'allume et s'éteint quand il veut.

Les questions battent dans ma tête comme une porte qui claque dans le vent, obsédantes. Qu'est-ce que j'attends de lui? Une amitié? Une confrontation? Une déception? Qu'est-ce que j'ai envie qu'il soit pour moi? Comment j'ai envie qu'il soit avec moi? Je lui ai dit que les questions ne se poseraient pas si je n'étais pas israélienne et lui palestinien. Mais c'est ainsi: nous sommes nés là où la terre brûle, où les jeunes se sentent vieux très tôt, où c'est presque un miracle lorsque quelqu'un meurt de mort naturelle. Et moi, je veux continuer à croire que, si lui et moi parvenons à nous «parler» vraiment, ce sera la preuve que nous ne sommes pas deux peuples condamnés à perpétuité à la haine, sans remise de peine possible.

C'est la première fois depuis longtemps que j'ai un vrai secret. Quelque chose que je ne partage pas avec Efrat ou avec Ouri. Quand on a un amoureux et une meilleure amie, on peut toujours raconter à l'un ce que l'on ne dit pas à l'autre. Mais voilà, sur la correspondance sans queue ni tête de Gazaman et de Tal Levine, c'est le silence radio, le secret classé ultra-confidentiel. Sans que je l'aie décidé vraiment, ça s'est imposé. Au début, j'ai eu peur qu'on m'empêche de confier la bouteille à Eytan, qu'on me traite de tête brûlée, qu'on me dise que c'était dangereux, ou qu'on m'interdise même d'échanger des mails avec un jeune à Gaza. En fait non, c'est certainement pas interdit. Il y a d'autres gens que moi, des militants pour la paix, qui ont des tas de contacts avec des Palestiniens, qui vont même dans les territoires, mais je suis peut-être la seule à vivre ce genre de chose: un contact privé et anonyme. C'est troublant. Qui se trouve en face, réellement? C'est si facile, si trompeur, le mail. Nous sommes tous uniques, paraît-il, mais on peut avoir dix, cent, mille adresses, mille pseudos, on peut s'inventer des identités, mentir, discuter avec des gens qui mentent peut-être eux-mêmes. Tout le monde est bien planqué derrière son écran, personne ne prend de risque. On dit ce qu'on pense, ce qu'on aime, ce qu'on déteste (couleur, fleur, animal, chanteur, acteur, est-ce que ça raconte vraiment qui nous sommes?), mais on ne se mouille pas, en face il y a quelqu'un qui n'est personne, quelqu'un qui ne peut pas voir dans nos yeux si on ment ou si on dit la vérité. En face, il y a juste l'écran. Un reflet. C'est très agaçant.

Voilà, je me promène depuis quelques jours avec ça dans la poitrine : l'agacement. C'est un sentiment âpre et acide, ça me racle la gorge, ça me donne l'impression qu'on tire ma tête en arrière, qu'on m'empêche d'aller où je veux. Je me suis attachée à une ombre qui joue avec mes nerfs, me fait rire et me fait mal, et je ne peux le dire à personne. Ouri m'a demandé plusieurs fois si quelque chose n'allait pas. J'ai dit non. Efrat me fait un peu la tête, elle ne supporte pas que je lui cache quelque chose et elle a des antennes très performantes, elle a détecté que je lui mentais, depuis le jour où elle m'a vue écrire une lettre en cours de biologie. Chaque fois que je croise son regard, j'entends, « bip, bip, bip – mensonge détecté ! », et je détourne les yeux.

J'ai l'impression que ce tout petit secret a tissé une toile autour de moi. Et je m'empêtre dans cette toile, et je m'éloigne des autres, je n'arrive pas à leur parler naturellement. En même temps, je ne comprends pas pourquoi je suis si mal à l'aise : j'ai envoyé quelques mails à un type, il m'a répondu au gré de son humeur, je ne suis quand même pas censée publier chaque matin un bulletin d'information pour tenir au courant tout Jérusalem de la durée et de l'objet de mes connexions Internet ! Pourtant, quelque chose ne tourne pas rond, les autres le sentent. J'aimerais bien trouver un acide pour dissoudre cette tension. Ce serait facile, magique, comme les travaux pratiques en laboratoire de chimie.

Un peu plus tard

J'ai de la chance. Beaucoup de chance. Papa n'a pas travaillé aujourd'hui. Il m'a vue aller dix fois à la salle de bains pour me passer de l'eau sur le visage, il m'a vue prendre deux comprimés de paracétamol et il n'a pas dit : « Quelque chose ne va pas, Tal ? Tu as mal à la tête ? » Ça, c'est le genre de phrases sensées que Maman aurait dites, mais ce sont des phrases qui ne servent pas à grand-chose, qui n'ouvrent aucune porte. En général on répond : « Non, tout va bien. » Et on s'enferme un peu plus.

Mon père sait quand il faut parler et quand il faut se taire. Il sait aussi exactement quoi dire, en quelques mots, il remet de l'ordre quand, dans ma tête, les neurones s'agitent et partent dans tous les sens.

Il a frappé à ma porte et a attendu que je lui dise d'entrer.

Il a planté ses yeux verts dans les miens, avec ce sourire qui provoque des petits plis vers les tempes.

– Je ne te dérange pas, Tal ?

J'ai secoué la tête pour dire non, en fermant le cahier, ou plutôt ce cahier, dans lequel j'écris. Il n'a pas eu l'air de s'en apercevoir.

– Je sais que tu es très occupée, que tu passes ton bac à la fin de l'année. Et puis, il y a Ouri, tes amis… Mais j'ai un service à te demander. Un service qui pourrait t'intéresser, paradoxalement…

– Oui ?

– Voilà. Une chaîne britannique va faire un documentaire sur Jérusalem. On m'a demandé d'effectuer les repérages avant le tournage. Il s'agit de mettre en lumière tous les visages de la ville et de ses habitants. Rien de révolutionnaire, *a priori*, c'est le genre de chose qui a été faite mille trois cents fois, il n'y a que le titre qui change. Quelques images du Mur occidental, du souk, de Mea Shearim, des Juifs pieux en habit noir, des musulmans en djellaba fumant le narguilé, des bonnes sœurs qui se hâtent via Dolorosa en baissant les yeux, un prêtre orthodoxe, une pincée de jeunes dans une discothèque ou un café rue Ben-Yehuda, des soldats qui boivent du jus d'orange, fusil en bandoulière, et un dernier plan avec le coucher du soleil sur la Vieille Ville... Les gens qui m'ont contacté ne veulent pas un montage de cartes postales. Ils ont l'ambition, comme tant d'autres avant eux, de montrer Jérusalem *autrement*, Jérusalem *vraiment*. Je leur ai dit que c'était aussi difficile que d'écrire un beau roman d'amour : il y en a eu tellement ! Et c'est un sentiment si insaisissable ! Et puis, j'ai pensé à toi et... j'ai accepté.

– *Tu as pensé à moi !* Euh, il est où, le rapport avec le documentaire, Papa?

– Tu es jeune. Tu es neuve. Tu es née à Tel-Aviv par accident mais Jérusalem est ta ville. Tu la vois, tu la vis comme quelqu'un qui vivra la majeure partie de sa vie dans le troisième millénaire. C'est ton regard qu'il me faut. Je veux voir la ville à travers tes yeux. Si tu acceptes, je te prêterai ma caméra. Tu devras t'en servir comme d'un bloc-notes, en filmant tous les lieux qui te sont proches, qui racontent l'endroit où tu vis, pas l'endroit où des gens qui n'y ont jamais mis les pieds *s'imaginent* que tu vis. Accessoirement, je sais que tu ne détestes pas te servir de la caméra…

Je lui ai sauté au cou. Ça ne m'arrive pas tous les jours depuis que je suis aussi grande que lui, mais là, je n'ai même pas réfléchi. Je lui ai dit que ce serait merveilleux, même si je n'étais pas sûre d'être à la hauteur, parce que je n'avais jamais fait ça, et que c'était lui, «l'Amant de Jérusalem», comme Efrat l'avait surnommé un jour où elle était particulièrement inspirée. Il m'a répondu que, s'il me le demandait, c'est qu'il m'en savait capable, et que de son côté il s'occuperait des repérages plus «classiques».

– Évidemment, tu seras payée, a-t-il ajouté.

J'ai ouvert de grands yeux.

– Je ne vais quand même pas être payée juste pour me balader dans ma ville, Papa? Avec ta caméra, en plus?

– Bien sûr que si. Ce que tu vas faire s'appelle un travail. Si par ailleurs il te plaît, c'est tant mieux, mais c'est d'abord un travail.

– Ils ont besoin de mon bloc-notes quand, tes Anglais?

– Dans deux mois. Dois-je considérer que tu acceptes?

– Oui, bien sûr!

– Merci beaucoup, Tal. Tu sais où se trouve la caméra, je te fais confiance pour la manier avec précaution.

Et il est sorti de ma chambre.

J'ai pensé que j'avais un père magnifique: il me dit merci alors qu'il sait bien que c'est lui qui me rend service ! Je vais pouvoir me servir de sa caméra à volonté ! Je vais pouvoir filmer autre chose que le mariage de ma cousine et le départ à l'armée d'Eytan. D'ailleurs, il paraît que je ne m'en étais pas mal sortie ce jour-là. J'ai fais des gros plans sur les mains de tous ceux qui étaient là et j'ai filmé Maman principalement de dos : elle avait les larmes aux yeux. Ce n'est pas très humain de filmer quelqu'un en train de pleurer et, mine de rien, les dos sont très parlants.

Peut-être que mon nom sera au générique ?

Peut-être que je vais gagner beaucoup d'argent ?

Je n'ai pas osé demander. À vrai dire, ça ne m'est même pas venu à l'esprit.

(Pas tout de suite, en tout cas.)

De Jérusalem à Hollywood, en passant par Gaza

De: bakbouk@hotmail.com
À: Gazaman@free.com
Objet: En route pour la gloire!

Cher Gazaman,

J'ai une très bonne nouvelle à t'annoncer: un de mes rêves est en train de se réaliser. Enfin, un début de rêve, pour être plus précise, mais il faut bien un commencement. Je vais être assistante sur un tournage. Bon, comme Efrat me l'a fait remarquer, Orlando Bloom ne joue pas dedans, il n'y aura aucun acteur connu puisque c'est un documentaire mais je vais avoir une caméra entre les mains, et mon père me fait confiance pour effectuer des repérages.

Je suis si, si contente!

Et j'avais envie de te le dire.

Salut,

Tal

P.-S. Le documentaire est sur Jérusalem. Je dois filmer la ville telle que je la vis, telle que je la vois. Je vais te poser une question très bête: es-tu déjà venu à Jérusalem?

De: Gazaman@free.com
À: bakbouk@hotmail.com
Objet: Re: En route pour la gloire!

Ha, ha, ha, mademoiselle se voit déjà à Hollywood! Tu ne manques pas de confiance en toi, au moins. Ne t'attends pas quand même à ce que je me roule par terre de joie, ni à ce que je t'envoie un bouquet de roses... De toute façon, par ici, il n'y a pas beaucoup de fleuristes, c'est pas le genre de la maison.

Je ne crois pas que je suis content pour toi. Nous n'avons pas vécu des semaines de bouclage ensemble, toi et moi, ça crée une certaine distance. Non, je ne suis pas content mais je suis jaloux. Et je te l'écris une seconde fois, pour que tu comprennes bien que les mots ne m'ont pas échappé: je suis jaloux.

Salut,
Moi

De: bakbouk@hotmail.com
À: Gazaman@free.com
Objet: précision

Je n'ai jamais dit que je me voyais à Hollywood, mais, quand tu as envie d'être insupportable, rien ne t'arrête. J'ai un rêve depuis des années: être derrière une caméra, montrer ce que tout le monde ne voit pas mais qui est sous nos yeux, raconter une histoire. Tu peux peut-être comprendre ça, non? Tu ne me feras pas croire que tu n'en as pas, toi, des rêves...

Allez, salut!
Tal

P.-S. Il me semble qu'il faut tout répéter avec toi : es-tu déjà venu à Jérusalem ?

P.-S. 2 En fait… Rien. Ou plutôt si : mettons-nous d'accord pour que tu sois cassant avec moi uniquement les jours impairs, ça te va ?

De : bakbouk@hotmail.com
À : Gazaman@free.com
Objet : mes premiers pas (et inquiétude)

Cher Gazaman,

Je commence par l'inquiétude : je n'ai pas de tes nouvelles depuis plusieurs jours. Je me dis que tu es comme ça : un type qui écrit quand il veut, qui se tait quand il veut, et que je dois m'adapter. Si tu habitais (allez, je tourne mon globe et je pose les doigts dessus au hasard) en Italie ou au Canada, je penserais que tu es très occupé, que tu as un contrôle d'histoire (si tu es lycéen), une histoire d'amour qui t'envahit (si tu es amoureux), une histoire d'amour qui te fait mal (si tu es très amoureux et elle moins), un problème d'ordinateur (si tu as un ordinateur chez toi), une angine (si tu as toujours tes amygdales). Le problème, c'est que non seulement tu es un parfait représentant du conditionnel, mais, en plus, tu habites à Gaza. (*Où* à Gaza, c'est encore une question. En ville ? Dans un camp de réfugiés ?) Aux informations, ils ont dit qu'il y avait une opération en cours en ce moment dans la bande de Gaza. Des activistes du Hamas ont été tués, quatre je crois, mais, si j'ai bien compris il y a eu aussi des civils tués ou blessés, selon les sources. J'ai regardé les images attentivement, c'était dans le camp de Khan Younes. J'ai pensé qu'il y avait une chance sur un million environ pour que tu sois sur ces images. Mais je n'ai aucun moyen de le savoir. Il y avait des femmes qui pleuraient en montrant une maison détruite par nos soldats, des hommes en colère, des enfants qui cherchaient leurs affaires dans les décombres. Je me suis dit : ça semble si loin. Pas loin comme un rêve inaccessible mais comme un cauchemar que l'on est soulagé de ne pas vivre. Oui, j'ai pensé ça. Que c'était terriblement triste, une maison détruite. Que ça devait être dur de n'avoir pas grand-chose et tout à coup de n'avoir rien. Qu'il fallait ensuite dormir ailleurs, manger ailleurs. J'ai même pensé à ce que je ressentirais, moi, si ma maison était détruite et je me suis sentie démolie à l'intérieur. J'ai espéré que tu ne sois pas sur ces images, que tu ne traverses pas ça.

Pourquoi ? Pourquoi ça se passe ainsi ? Pourquoi mon pays que j'aime, mon pays qui est si beau, mon pays où il y a tant de gens formidables fait cela, là-bas, chez toi ? Parce qu'il y a des attentats, bien sûr. Parce que nous ne supportons pas la mort de nos amis, de nos voisins, de tous ces innocents. Mais quand même, il faut bien que ça s'arrête ! J'ai l'impression que nous sommes pris dans un labyrinthe, personne ne trouve la sortie, tout le monde s'énerve et casse tout pour parvenir à l'air libre.

Je voulais te raconter mes premiers pas dans Jérusalem, avec la caméra de Papa. Je suis allée filmer le marché Mahané Yehouda, c'était très gai, les marchands m'ont offert des fruits parce que grâce à moi (pensent-ils) ils vont devenir célèbres. Mais je n'ai plus le temps de t'écrire aujourd'hui. Ce n'est pas grave, ça peut attendre. Dis-moi juste si toi, tu vas bien. Et, par pitié, sans faire de jeux de mots, sans ironie, sans cynisme. Ou plutôt si, d'ailleurs. Cette fois-ci, ça ne me dérangerait absolument pas : je suis sûre que, quand tu es cynique, c'est signe que tu ne vas pas trop mal, dans le fond.

Salut à toi,

Tal

Gazaman

Je suis piégé.

Elle m'a eu.

Et maintenant, j'ai peur.

J'ai même peur d'écrire la vérité. Et si un obus me tombait dessus avant que je déchire les feuilles? Et si on était en train de m'espionner, de me suivre, parce que, dans cette foutue bande de terre où nous sommes toujours les uns sur les autres, quelqu'un qui est seul, qui a envie d'être seul, c'est suspect.

Nous sommes en Orient. Ou dans le monde arabe. Ou en Méditerranée. Dans les trois cas, ça veut dire que les gens te prennent pour un malade si tu n'aimes pas être vingt-quatre heures sur vingt-quatre avec ta famille, avec tes amis, avec les autres à la mosquée. Ensemble. Toujours ensemble

Moi, je pense plutôt que je deviendrais fou si je n'étais jamais seul.

Elle s'appelle Tal. Tal Lévine. Elle est née le 1er juillet 1986 à Tel-Aviv, mais elle vit à Jérusalem qu'elle adore.

Elle a un père exceptionnel.

Je me suis moqué d'elle autant que j'ai pu, ça m'amusait beaucoup. Ça me détendait. Ici, on ne peut pas tellement se moquer des filles, c'est très mal vu même. Les filles, on les respecte, ce qui veut dire qu'on ne les regarde pas trop, on ne leur parle pas trop, on se marie avec elles avant de faire quoi que ce soit d'intéressant, avant de les avoir embrassées.

Moi, j'ai peur des filles. Et je n'ai plus envie de me moquer de Tal.

Les filles, quand elles ont réussi à entrer dans ton cœur, tu ne peux plus les mettre dehors, et ça t'envahit tout entier, c'est comme un poison qui se répand dans ton corps, t'es foutu, y a pas d'antidote.

Je sais de quoi je parle.

Tal, je ne l'ai jamais vue. Je ne la verrai sûrement jamais. Jamais. Elle existe sans exister. Elle existe sur l'écran du cybercafé Aman. Il y a ses mots sur l'écran, son énergie, ses questions. Je lis tout très vite, je suis toujours terrifié à l'idée qu'on découvre que je corresponds avec une Israélienne. Une ennemie, un point c'est tout. Satan déguisé en femme, qui est pire que Satan en version homme…

Je change de code de connexion tous les jours. J'efface ses messages aussitôt lus. Mais je ne peux pas l'effacer de mon disque dur.

Je n'en reviens pas. À Jérusalem, il y a une fille de dix-sept ans, Juive, Israélienne, qui pense à moi, à ce surnom ridicule de Gazaman. Quand j'ai choisi ce pseudonyme, je voulais principalement lui dire que j'étais un homme. Que nous étions des hommes.

Même ici, à Gaza. *Ils* sont tellement persuadés du contraire, parfois.

Mais pas elle.

Son dernier message m'a flanqué par terre. Elle décrivait tellement bien la destruction, bien mieux que des gens qui vivent ici auraient pu la dire. Elle avait les mots, elle s'était mise à notre place, elle ressentait tout. Et puis, il y a eu cette phrase : « Dis-moi juste si toi, tu vas bien. » Je l'entends encore, comme un écho sans fin. *Dis-moi juste si toi, tu vas bien.*

Je dois être le seul Palestinien de Gaza pour qui quelqu'un s'inquiète, de l'autre côté. L'Unesco devrait me classer monument historique ou patrimoine mondial. On devrait me filmer et me montrer au monde entier, comme un objet rare et précieux.

Je suis pris au piège par Tal Levine et c'est terrible. Ça me rappelle quelque chose que je m'étais juré de ne jamais revivre. Une fille dans ma tête. Mon cœur qui bat.

Non, non, non, je ne suis pas amoureux d'elle, c'est impossible, je ne l'ai jamais vue et elle est sûrement très moche, très grosse, elle transpire dès qu'il fait plus de vingt degrés, elle a des auréoles de transpiration sous les bras, beurk, c'est dégoûtant. Elle louche, elle a un début de double menton, les oreilles grandes et décollées, un duvet foncé au-dessus des lèvres, les dents de travers, les yeux trop écartés, les sourcils trop rapprochés, un nez en bec d'oiseau, elle est courte sur pattes avec de grands pieds, elle a les cheveux sales, elle ne se lave que les jeudis pairs, elle a la démarche d'un éléphant, la voix d'un ours enrhumé, le regard d'un mouton déprimé, le cerveau d'un oiseau attardé, et la liste est encore longue.

Non, non, non, bien sûr que non, je délire et pourtant je n'ai bu que de l'eau plate, je n'ai pas de fièvre. Elle est forcément jolie, ou peut-être belle, mais jolie sûrement. Y a que les cons qui sont tout à fait moches. C'est une observation personnelle qui n'engage que moi mais j'y crois. On ne peut pas être sensible, curieux, intelligent comme elle et avoir une face de rat. Les qualités, ça se voit sur la figure, dans les yeux, dans la façon de crisper les lèvres ou pas quand on parle.

Je m'étais promis, je m'étais juré de ne jamais retomber dans le panneau. Avec une Israélienne en plus. J'ai la poisse. Elle m'a écrit un jour: «Il me semble qu'il faut tout répéter avec toi.» Mais tout se répète deux fois. Il y a eu une Première Guerre mondiale, puis une Seconde. Une première Intifada, puis une seconde. Alors, pour moi, il y aura eu une première fois, puis...

Non, non, non, tout ça est impossible parce que ce n'est pas logique, parce que ça ne peut pas se passer dans la réalité. Dans la réalité, je ne peux pas aller frapper à la porte de Tal Levine, même si j'ai son adresse, je ne peux pas lui dire: «Salut, c'est moi, j'avais envie de te voir pour de vrai, est-ce que tu veux bien venir au café avec moi?» Dans la réalité il ne peut y avoir que moi d'un côté, elle de l'autre, nos deux peuples qui se haïssent et se tapent dessus, nous sommes les Roméo et Juliette du troisième millénaire mais personne n'est là pour écrire notre histoire.

J'écris n'importe quoi. Nous ne sommes pas Roméo et Juliette. Elle a un copain, elle l'a écrit au début, dans les pages de la bouteille, et elle m'en a reparlé depuis. Il s'appelle Ouri. Ça veut dire «ma lumière» en hébreu. Ce doit être un garçon grand, sportif, qui fait des pompes parce qu'il va bientôt partir à l'armée. Elle n'en parle pas, de l'armée, mais chez eux, ils y vont tous à dix-huit ans, alors Ouri et elle, ils mettront leur bel uniforme kaki comme les autres. Le plus drôle serait que lui vienne ici et que je lui casse la gueule. Le plus absurde, le plus miraculeux, le plus terrible serait que ce soit elle qui soit envoyée à Gaza.

C'est vraiment n'importe quoi. Je pète les plombs. Je n'aurais jamais dû ouvrir cette bouteille, j'aurais préféré que ce soit une bombe, qu'elle m'arrache le bras. Je m'étais juré que plus jamais, plus jamais...

Pour elle je ne suis pas un ami, même si elle essaie d'inventer un mot gentil pour me désigner, mais elle s'inquiète pour moi. C'est à en devenir fou.

Elle s'appelle Tal. «La rosée du matin.» C'est une autre Tal qui me l'a expliqué.

Il est temps de tout déchirer.

Comment un prénom peut être un cadeau..

De: bakbouk@hotmail.com
À: Gazaman@free.com
Objet: des nouvelles, please!

Je me fais vraiment du souci. La radio a annonce d'autres blessés et d'autres morts à Gaza. Je comprends que tu ne bondisses pas sur ton ordinateur pour me rassurer mais j'aimerais recevoir de tes nouvelles. J'ai une boule dans la gorge. Car, même si je ne sais toujours pas grand-chose de toi, Gazaman, je crois que je comprends qui se cache derrière les mots cyniques et les vannes. Et je ne pourrai pas supporter un silence trop long.

À bientôt,

Tal

De: Gazaman@free.com
À: bakbouk@hotmail.com
Objet: Re: des nouvelles, please!

Bonjour, Tal,

Non, je n'habite pas à Khan Younes et je ne m'en plains pas, c'est plutôt un coin sinistre. Mais je connais des gens qui y vivent: ils sont très très en colère contre ton peuple, ces derniers jours. Si tu es croyante, tu devrais prier pour que ton frère ne se trouve pas là-bas.

Donc, puisque ça t'intéresse : je suis entier et mon quartier est calme. Oui, j'ai écrit « mon quartier ». Gaza n'est pas qu'un immense camp de réfugiés, y a des gens normaux, qui vivent dans des appartements normaux avec un salon, deux chambres, une salle de bains, les toilettes séparées, le téléphone, la télé...

Mais il y a eu le couvre-feu pendant plusieurs jours et je n'ai pas pu aller au cybercafé, ni où que ce soit, d'ailleurs. Je déteste l'inventeur du couvre-feu. Tu n'imagines pas comme c'est terrible, cette interdiction de sortir de chez toi, quel que soit le prétexte. Tu es enfermé, et personne ne se préoccupe de savoir si tu dois rendre visite à ton grand-père, faire des courses, aller à l'hôpital pour un traitement ou pour accoucher.

Ou si tu as envie d'aller au cinéma, pour te changer les idées.

Je suis fatigué. Fatigué d'entendre les sirènes des ambulances, les cris de la foule en colère, les manifestations des types cagoulés du Hamas qui appellent à la guerre sainte, les avions et les hélicoptères qui patrouillent au-dessus de nos têtes. Fatigué d'entendre les radios et les télévisions allumées jour et nuit. On te parle des morts, des blessés, des maisons détruites. On dit que c'est la faute à l'Amérique, qui est tellement puissante qu'elle pourrait régler cela, si elle le voulait vraiment. On promet vengeance. Ce sont des promesses terribles, une haine terrible, tu ne peux pas savoir comme la haine me fatigue, comme elle m'épuise, Tal.

Moi, j'ai souvent ressenti de la colère. Je me disais : mes parents, mes grands-parents, mes arrière-grands-parents sont nés à Jaffa. Ils y étaient bien, ils y étaient tranquilles. Et puis les Juifs sont arrivés d'Europe et se sont installés. Pourquoi ici ? Parce qu'ils y étaient il y a très longtemps, disaient-ils. C'était leur pays d'origine. Tu connais la suite de l'histoire mais peut-être pas entièrement. Vous avez eu votre indépendance en 1948. Personne dans la région ne l'a accepté. On vous a fait la guerre. Ma famille a eu peur des combats et a quitté Jaffa. Les armées arabes promettaient de vous chasser très vite, promettaient que le retour serait rapide. C'est beau, les promesses : le retour n'a jamais eu lieu. Vous avez gagné la guerre et nous sommes restés coincés à Gaza, sous le contrôle des Égyptiens. Depuis, ce qui est un jour de joie pour vous, la fête de l'Indépendance, est un jour de deuil pour nous, la Naqba, la catastrophe. En 1967 il y a eu une autre guerre, la guerre des Six Jours. Vous avez encore gagné. Vous avez conquis les territoires où nous vivons et, depuis, nous rêvons chaque jour plus intensément à notre indépendance. Et certains à votre destruction, c'est vrai. Mais pas tous. Je ne crois pas que ce soit de la gentillesse, d'ailleurs. Tu crois que la gentillesse a quelque chose à voir avec la politique ? En fait ils s'en fichent, ou bien ils savent que c'est impossible, de vous détruire.

Ma grand-mère m'a souvent parlé de Jaffa, de la maison qu'habitait sa famille. « C'était un vrai palais, me disait-elle. Le vent frais de la mer faisait danser les voilages. La mer était aussi belle qu'ici, mais elle me semblait plus calme, plus grande, plus libre. À Gaza, mon fils, même la mer ressemble pour moi à une prison.» J'aimais écouter ma grand-mère parler. Elle avait une voix douce, des beaux yeux doux et fatigués, elle ne se fâchait jamais.

Il y a quelques années, j'ai travaillé en Israël. (Un jour, peut-être, je te raconterai.) Je suis allé à Jaffa. J'ai cherché la maison. Je l'ai trouvée. Elle était beaucoup plus petite que je l'avais imaginée. Moins somptueuse aussi. Ce n'était pas un palais, c'était une simple maison en pierre avec un balcon en fer forgé vert. Je l'ai prise en photo, en faisant attention à ce que l'on ne me voie pas. On m'aurait peut-être accusé d'espionnage...

Lorsque j'ai donné les photos à ma grand-mère, ses yeux se sont remplis de larmes. Elle m'a serré contre elle en chuchotant: «Toi, Naïm, tu n'es pas un garçon comme les autres. Qu'Allah te protège jusqu'à la fin de tes jours, qu'Il te donne la force d'être ce que tu es.» Elle est morte peu de temps après. On l'a enterrée avec la photo de sa maison.

Voilà, Tal, tu peux être rassurée maintenant. Je ne suis pas mort. Je ne suis pas blessé. Je suis juste très fatigué.

Salut,

Naïm

(en arabe: «le paradis»...)

De: bakbouk@hotmail.com
À: Gazaman@free.com
Objet: mille fois merci!
Fichier joint: Talgalil.jpg

Cher Naïm (oh! enfin un prénom, ton prénom!),

J'ai lu et relu ton message, je le connais à présent par cœur. J'ai été émue et attristée par ce que tu appelles ta «fatigue». Maman dirait que tu es déprimé, que tu as besoin de prendre du calcium, de la vitamine B et des oligo-éléments. Elle croit qu'il y a toujours une solution à tout, que c'est une question d'efficacité, de savoir-faire. J'aimerais beaucoup qu'elle ait raison mais je crois qu'elle a tort. Il n'y a pas de remède à tout.

En te lisant, je me suis sentie terriblement impuissante. J'aurais aimé trouver une formule magique pour que tu aies ton État comme moi j'ai le mien et pour qu'on vive en paix. Tranquilles. En interdisant les informations, les nouvelles, les flashes spéciaux. «Les radios et les télévisions allumées en permanence», je connais bien. C'est à la fois un bourdonnement et un martèlement, on se sent prisonnier des voix et des images.

Oh oui, je la voudrais, cette formule magique, je donnerais cher pour la trouver! Mais je ne suis pas naïve. Je passe mon bac cette année, et je sais que l'Histoire est impitoyable, qu'elle ne pense pas aux gens qui ont envie d'être tranquilles, qu'elle avance en cassant parfois presque tout sur son passage.

Alors ne parlons pas d'Histoire. Pas aujourd'hui où j'ai surtout envie de te dire merci de m'avoir donné ton prénom, ta confiance. Merci de t'être souvenu que je m'appelais Tal. Merci de m'avoir parlé de ta grand-mère si merveilleuse. La prochaine fois que j'irai à Jaffa, je regarderai les maisons autrement, je penserai à elle et à toi.

J'ai envie de te poser de nouveau toutes les questions auxquelles tu ne m'as pas répondu : quel âge as-tu, que fais-tu ? Tu étudies ? Tu travailles ? Tu m'as dit que tu avais travaillé en Israël. Où ? Quand ? Qu'as-tu ressenti ?

Je tiens à t'envoyer quelque chose moi aussi. Une photo de moi. Elle a été prise l'an dernier, lors d'un voyage avec ma classe en Galilée. On avait marché toute une journée avec nos sacs à dos. On avait un guide très drôle, Oded. Il s'émerveillait tous les deux pas, il s'agenouillait devant chaque fleur et nous racontait le passage de la Bible dans lequel on citait cette fleur. Il nous a parlé aussi d'une révolte juive qui avait eu lieu dans un village au temps des Romains, il ne cessait de répéter : « J'espère que vous avez conscience de votre chance. Vous avez les pieds posés sur un sol chargé d'Histoire. » Efrat a ricané parce que Shlomi, lui, avait posé le pied sur une fourmilière et qu'il a mis du temps à s'en apercevoir. Bref, c'est une photo après une journée où j'ai un peu transpiré, je ne suis pas coiffée et habillée comme lorsque je sors le soir, mais j'ai l'impression que c'est vraiment moi, qu'elle me montre telle que je suis la plupart du temps. Ainsi, tu mettras un visage sur mon nom.

Cet après-midi j'ai fait des repérages pour le documentaire. Je suis allée à la cinémathèque. C'est un endroit que j'adore. On y projette des vieux films en VO, ou des films plus récents qui ne passent nulle part ailleurs. La semaine dernière, j'ai vu *Vacances romaines*, avec Gregory Peck et Audrey Hepburn. Ils sont si beaux tous les deux ! J'aurais bien aimé lui ressembler, à elle, mais comme tu pourras le constater sur la photo, j'en suis très loin... C'est une belle histoire d'amour entre une princesse et un journaliste. Elle s est enfuie du château pour vivre pendant quelques jours une vie normale. C'est très drôle parce qu'on dirait vraiment qu'elle débarque d'une autre planète, elle ne sait même pas qu'il faut payer dans les magasins ! Mais la fin est triste. Je ne te la raconte pas parce que tu verras peut-être ce film un jour et, comme moi, tu espéreras jusqu'au bout que le scénariste a eu pitié des âmes sensibles et qu'il s'est décidé, dans le dernier plan, à opter pour une *happy end*.

Ouri a dit que j'étais une vraie gamine. Que les films qui finissent bien, c'est bon pour les petits en primaire, les vieilles mamies gâteuses et les naïfs incurables. Je lui ai répondu que les histoires, dans la vie, finissaient souvent mal, surtout dans notre région, et qu'il fallait que le cinéma nous donne la possibilité d'espérer un peu, et même plus, de *croire* que les jolies fins sont possibles.

Bon, ce n'est pas très important, je reviens à la cinémathèque : c'est un beau bâtiment en pierre, avec un restaurant et une terrasse. Une petite vallée plantée d'oliviers où se trouve l'ancienne piscine du sultan Soliman la sépare des remparts de la Vieille Ville et de la tour de David. On voit les toits d'un monastère. Vue de ce côté, la Vieille Ville semble très sûre d'elle-même, très calme, très éloignée des hommes qui se battent pour elle. J'ai imaginé quelques secondes à quoi ressemblerait Jérusalem sans habitants, seule avec ses maisons de pierre, sa lumière, sa douceur, ses odeurs. Ça m'a donné le vertige.

Tu vois, je prends la relève de mon père : je vais devenir guide de Jérusalem, au moins pour toi.

Demain, je n'ai pas cours (les profs sont en grève). J'irai à Rehavia, le quartier où vivent mes grands-parents, les parents de mon père. C'est un autre paradis caché dans Jérusalem.

Voilà pour aujourd'hui. J'attends de tes nouvelles avec impatience. Merci encore pour tout ce que tu m'as écrit. Et si tu es toujours triste et fatigué, fais comme moi lorsque ça m'arrive : je mets mon disque préféré, je m'allonge sur mon lit, je ferme les yeux. C'est plus efficace que la vitamine B.

À bientôt,

Tal

Naïm

Elle poursuit son offensive sans s'en apercevoir. Elle me fait du mal, elle me fait du bien, je suis à peine en équilibre sur un fil et je bascule : à droite dans la lumière, à gauche dans la nuit noire, opaque, sans espoir. Quand son message s'est affiché, j'ai senti mon cœur battre dans ma tête. Déjà, ça, c'est impossible, un cœur ne peut en aucun cas battre dans la tête. Mais pourquoi quelque chose résonnait dans mon crâne, alors ?

Je sais bien ce que c'était, mais je n'ai pas envie de l'écrire. De toute façon, je pense plus vite que je n'écris, j'ai du mal à me suivre. Un quart de seconde je me dis : « Je veux la voir. En face de moi. En chair et en os. » Le quart de seconde suivant j'entends : « Tu te racontes des histoires. Tu crois que tu es en train de tomber ~~amoureux~~, mais c'est le souvenir de l'autre que tu n'as pas réussi à effacer. »

Pour couronner le tout, elle m'a envoyé sa photo. Là aussi, il s'est passé des tas de choses en quelques secondes, le temps que le programme ouvre le document joint. Je me suis souvenu comme j'avais espéré qu'elle soit moche et j'ai craint qu'elle ne le soit vraiment. J'avais peur de voir apparaître une fille pesant cent vingt kilos, avec des yeux enfoncés dans la graisse de son visage et ensuite, j'ai eu peur qu'elle ne soit trop belle, trop parfaite. Miracle : elle est simplement jolie. Pas mal. Du genre que tu peux passer devant elle sans la remarquer mais, si elle te sourit, c'est foutu, et sur la photo, elle a un joli sourire. La tête penchée sur le côté, le visage anguleux, ouvert, comme quelqu'un en très bonne santé, comme quelqu'un de très heureux. Des cheveux châtains, lisses, longs, des yeux marron-vert, quelques taches de rousseur, la peau claire. Elle regarde l'objectif droit dans les yeux. Je m'embrouille, j'ai eu l'impression que c'est moi qu'elle regardait dans les yeux, c'est certainement pour ça qu'elle a choisi cette photo. Alors je l'ai regardée moi aussi, quelques secondes, pour bien graver son visage dans ma mémoire et j'ai cliqué sur « effacer le message ». Ça m'a arraché quelque chose à l'intérieur, mais c'est impossible autrement. Dans le cybercafé, à côté de moi, un garçon me regardait d'un air bizarre. Je n'ai pas du tout aimé ça. J'ai vite fermé la messagerie et j'ai tapé sur le moteur de recherche « Audrey Hepburn ». Mouais… Elle est très belle avec ses yeux de chat et sa petite frange brune. Mais à aucun moment, il ne m'a semblé qu'elle me souriait, à moi en particulier.

Le type ne me quittait pas des yeux, une petite lueur méchante dans ses pupilles. J'ai essayé de faire comme si de rien n'était, je me suis connecté au site d'Al-Jazira, au moins tout est en arabe, c'est un site au-dessus de tout soupçon. Je suis resté un quart d'heure, j'ai lu des tas d'infos sur la guerre en Irak, sur un attentat en Arabie saoudite et sur les enfants de la famille royale jordanienne. Enfin, je dis «j'ai lu» mais je voyais juste les titres, je cliquais machinalement, je pensais à la cinémathèque de Jérusalem et à la chance qu'elle a de partir en voyage annuel avec sa classe. Pour finir, j'ai fait un Tétris. Ce jeu, c'est un scanner de mon cerveau: y a des blocs qui tombent, il faut tout caser sans que ce soit trop le fouillis, puis les lignes s'effacent et font place à d'autres blocs.

J'ai décidé de ne plus retourner au cybercafé. C'est trop dangereux. En ce moment surtout, la haine est plus brûlante que jamais. Si on découvre que je corresponds avec une Israélienne sans l'insulter, sans la menacer, en la considérant presque comme une amie, je risque ma peau, et ma famille aussi peut-être. Il faut que je trouve une autre solution.

Mon père est rentré de l'hôpital épuisé. Il ne compte plus ses heures, il travaille comme dix, il a les yeux rouges. Il s'est affalé sur le canapé et m'a dit: «Le jour où je travaillerai dans un hôpital uniquement pour des patients qui auront le cancer, une maladie du cœur, des jambes cassées, ça voudra dire que tout va bien, qu'on a un pays normal. Ça fait trois ans qu'on soigne les blessés par balles, par éclats de missile. Quand j'ai choisi de devenir infirmier, je pensais soulager les souffrances inévitables, celles qui proviennent du dérèglement mystérieux des corps, pas du dérèglement des hommes. Qui va arrêter ça? Et quand?»

J'ai eu envie de lui parler de Tal, de sa famille. J'ai eu envie de lui dire que, de l'autre côté, il y avait aussi des gens que cette guerre fatiguait, des gens sans haine. Mais je n'ai pas osé. On ne se parle jamais trop, lui et moi. Il n'est pas souvent à la maison, ces dernières années, on l'appelle tout le temps pour qu'il fasse des heures supplémentaires à l'hôpital. De toute façon, on n'a jamais beaucoup parlé chez moi. Après ma naissance, ma mère n'a pas pu avoir d'autres enfants. Dans la famille, ils ont été nombreux à penser que c'était une malédiction, que quelqu'un avait mis sur nous le mauvais œil. Ils ont donné à ma mère des recettes pour le chasser, ils ont voulu l'envoyer chez des guérisseurs. Mais rien n'y a fait. Je sais que certains ont poussé mon père à prendre une autre femme. Il a refusé. À l'école, on m'a toujours regardé d'un drôle d'air, quand je disais que j'étais fils unique. Mes copains avaient au moins huit frères et sœurs, parfois dix, douze, ils ne pouvaient pas croire que j'étais tout seul, que j'avais ma chambre. Ils voulaient tous la visiter, pour voir de leurs propres yeux mes quatre murs, mon lit, mon bureau, mes affaires. À un moment donné, j'ai pensé faire payer l'entrée, j'aurais pu devenir très riche, très vite, mais je n'ai pas osé.

J'ai toujours pensé que ma mère était devenue institutrice pour remplacer les enfants qu'elle n'avait pas eus à cause de moi.

Pourquoi à cause de moi?

Il me semblait que je lui avais pris toutes ses forces en venant au monde. Elle a un visage fatigué, ma mère. Beau et fatigué. Mais c'est peut-être parce que la vie est dure ici. Parce qu'on ne sait rien, même si on est un adulte. On ne sait pas si on va pouvoir aller travailler, manger à l'heure où on a l'habitude de manger, dormir sans entendre une explosion ou un hélicoptère mugir au-dessus de la tête. On ne sait pas si l'électricité va être coupée, si les routes vont être fermées, si on pourra aller au mariage de la cousine Loubna, à Rafah. (Ce n'est pas loin, Rafah. Quinze, vingt kilomètres. Mais si les Israéliens décident qu'il faut mettre six heures pour parcourir vingt kilomètres, ils y arrivent très bien : ils sont les maîtres du Temps.) On ne sait même pas si on sera vivants, demain.

Ça fait presque vingt minutes que je n'ai pas pensé à elle. Avec un peu d'entraînement, j'arriverai peut-être à trente.

Il est temps de tout détruire à présent. Aujourd'hui, je vais déchirer les feuilles en tout petits morceaux, en miettes de feuilles, et je vais les jeter aux toilettes.

On ne peut pas tout raconter

De: Gazaman@free.com
À: bakbouk@hotmail.com
Objet: oh non!

Dis-moi que tu es entière, si tu peux.

J'étais ce matin chez mon oncle Ahmed, à Khan Younes. Il y a eu des cris de joie, des applaudissements, des gens qui dansaient. Une attaque à Al-Qods! *Ils* ont encore réussi à passer! (Les types du Hamas, ou du Jihad, ou des Brigades des martyrs d'El-Aqsa.) Un bus a explosé! Quelqu'un a allumé la télé et a mis CNN. Une carcasse de bus, des ambulances, des hommes qui s'affairaient autour, comme d'hab'. Le journaliste a dit que l'explosion avait eu lieu pas très loin de la résidence du Premier ministre, à Rehavia.

Tu m'as dit que tu voulais aller là-bas, ce matin. C'est embêtant. Je veux dire: ça m'embêterait qu'il te soit arrivé quelque chose. Les autres, je ne les connais pas, morts ou vivants, ça ne change rien pour moi.

Bon, je ne sais pas quoi te dire d'autre. J'attends de te lire.

Naïm

De : Gazaman@free.com
À : bakbouk@hotmail.com
Objet : (pas d'objet)
Je m'inquiète. Tu ne m'as pas répondu, ça fait déjà deux jours. Et toi, tu réponds toujours vite, alors il t'est forcément arrivé quelque chose.
J'espère que ce n'est pas trop grave.
Naïm

De : Gazaman@free.com
À : bakbouk@hotmail.com
Objet : ouf !
Bonjour, Tal,
Au moins je sais que tu n'es pas morte. J'ai eu une illumination, comme tu dis : je me suis connecté sur un site israélien. Ils donnaient la liste des victimes et les heures d'enterrement. Je l'ai relue quatre fois. Il y avait une femme de trente-neuf ans qui, d'après sa famille, était quelqu'un d'optimiste, un assistant social d'origine canadienne, un étudiant français en informatique, une femme russe de trente-huit ans qui, selon les témoignages, « aimait la vie et les gens », une étudiante de vingt-trois ans, un homme de quarante-deux ans d'origine roumaine que sa femme décrivait comme « une bonne personne, un chouette type, un bon mari », une Russe de cinquante-trois ans sur laquelle personne n'avait grand-chose à dire, un type d'origine géorgienne ancien champion de judo, une fille de vingt-quatre ans mariée depuis un an, une Éthiopienne travailleuse clandestine et un type de quarante-huit ans qui venait d'accompagner sa femme

à un test de fertilité. Et nulle part le nom de Tal Levine (à moins que tu ne m'aies menti sur ton identité mais ça m'étonnerait beaucoup). Il y avait aussi le nombre des blessés mais sans les noms : treize dans un état sérieux ou critique, trente-sept légèrement ou moyennement blessés. Sur le site, ils donnaient le témoignage d'un pharmacien qui travaille à dix mètres de l'endroit où le bus a explosé. Il a dit que c'était horrible, que c'était terrible, qu'il y avait du sang partout... bon, tu n'as certainement pas besoin de moi pour les détails mais je ne sais pas quoi faire d'autre qu'aller sur des sites israéliens, lire tout ce que je peux sur cette explosion, agrandir les photos pour tenter de reconnaître ton visage, quelque part.

Et pourquoi tu ne m'écris pas, hein ? Pourquoi tu ne te précipites pas sur ton ordinateur ? Pourquoi tu ne penses pas que, moi aussi, je peux m'inquiéter pour toi ? J'imagine des choses. J'imagine le presque pire. Que quelqu'un qui t'est proche est mort, ou grièvement blessé. Et que tu m'en veux à mort, à moi qui n'ai rien fait, à nous « les Palestiniens », collectivement coupables, toujours. Mais je n'y suis pour rien, moi, dans ce qui s'est passé ! Et mon père non plus, et ma mère non plus, et pas même mon oncle, le père de Yacine, qui ne pleure certainement pas sur vos morts mais qui n'est pas allé se faire exploser dans ce bus ! Et puis, nous aussi on a eu nos morts, la semaine dernière, et on en aura encore d'autres demain, et la semaine prochaine également, alors qu'est-ce que tu veux ? Qu'on fasse un concours pour déterminer qui souffre le plus, qui pleure le plus? Qu'on compte les points? Vas-y, prends ta calculette et tous les journaux des trois dernières années, avec le «bilan des affrontements entre les Israéliens et les Palestiniens». Un blessé léger = dix points. Un blessé moyen = vingt points. Un blessé dans un état grave = trente points. Un blessé dans un état critique = cinquante points. Et un mort, ah, un mort... Bingo! Jackpot! Cent points!

Je me suis énervé, une fois de plus. Ça démarre souvent comme ça, sans que je maîtrise le moteur, les vitesses et l'accélération. Et puis ça stoppe net, je me prends un poteau dans la figure. Excuse-moi. Ou pense ce que tu veux. C'est juste insupportable de ne plus avoir de tes nouvelles, précisément au moment où je peux enfin surfer sans avoir peur des regards posés sur moi.

Oui, c'est vrai, je ne t'en ai pas parlé: ça commençait à sentir le roussi pour moi, au cybercafé Aman d'où je t'écrivais. Alors j'ai eu une idée de génie: je suis allé à l'ONG qui est en bas de chez moi. C'est une organisation anglo-italienne qui travaille avec les services psychologiques de l'hôpital, ils connaissent bien mon père. Je leur ai expliqué très gentiment et très poliment que j'avais besoin de surfer sur Internet mais que je n'avais pas trop envie d'aller dans un cybercafé. Ils ont souri, y en a un qui a dit: *«OK, OK. You can come here. No problem.»* Ils m'ont fait des tas de clins d'œil complices, genre «ouais, nous aussi on est des hommes, on a été jeunes, on comprend que t'aies envie d'aller sur des sites pornos», ils avaient l'air d'être des extraterrestres avec leurs lunettes de soleil sur le front et leurs sourires taille XXL mais ce n'était pas très important. L'essentiel est qu'ils m'aient dit que je pouvais venir quand je voulais et même me servir dans le réfrigérateur où ils ont un stock de bière monstrueux. Si nous manquons de tout un jour ici, ils mourront peut-être de faim, mais certainement pas de soif.

C'est très agréable d'être vraiment tout seul devant un ordinateur. Je me sens libre, libre, libre comme si quelqu'un m'avait offert un kilomètre carré de ciel rien que pour moi.

Alors, maintenant qu'il me suffit juste de descendre trois étages pour te lire ou t'écrire, s'il te plaît, rends-moi service : sois en vie, sois entière, reviens derrière ton écran.

Naïm

De : bakbouk@hotmail.com
À : Gazaman@free.com
Objet : on ne peut pas tout raconter

Cher Naïm,

Je suis désolée. Désolée que tu te sois inquiété, désolée que tout ça se soit produit, désolée de…

Malheureuse, anesthésiée, vidée, c'est moi, aujourd'hui. Je n'ai pas les mots, je ne les trouve pas, ils me manquent désespérément pour t'écrire mais je veux le faire, alors pardonne-moi si je ne suis pas claire, pardonne-moi si…

Je n'y arrive pas. Et pourtant, c'est d'abord à TOI que j'ai envie d'en parler Parce que c'est en lisant tes messages que j'ai pu, pour la première fois depuis trois jours, pleurer ENFIN. Tu ne peux pas savoir comme ça fait du bien de pleurer, de sangloter, quand les larmes sont restées bloquées en une barre dure dans le front, une barre qui m'empêchait de parler, qui m'empêchait de garder les yeux ouverts, m'empêchait de les fermer, me torturait.

Grâce à toi, j'ai pu pleurer. Merci, Naïm. Et même ton passage «énervé», comme tu dis, m'a fait du bien, je ne saurais pas t'expliquer pourquoi.

Tu avais deviné juste: j'étais là-bas, il y a trois jours, à neuf heures du matin, quand le bus numéro 19 a sauté. Tu connais, bien sûr, le nom de la rue: c'est la rue Gaza (!!!), dans notre si beau quartier de Rehavia, à Jérusalem.

J'étais là-bas avec la caméra de Papa. Il faisait beau mais froid. Je voulais filmer la rue animée le matin puis tourner à gauche dans la rue Radak qui est toujours calme, vers la maison de mes grands-parents.

Je filmais en marchant. Je me suis cognée à un type qui était pressé, il m'a crié: «Eh, tu ne peux pas regarder où tu mets les pieds?!»

J'ai pensé qu'il fallait que j'efface cette scène. Qu'un type pressé n'avait rien à faire dans mes repérages.

J'ai voulu zoomer vers un gros chat, de l'autre côté de la rue, qui prenait le soleil comme s'il était sur une plage tranquille des Caraïbes.

Un bus est entré dans mon champ de vision.

Il n'en est pas ressorti. Il n'en ressortira jamais.

Je ne peux pas, je ne peux pas écrire ce qui s'est

passé la seconde suivante, et toutes les secondes qui ont suivi.

Je ne peux pas. Je ne peux pas. Je ne peux pas. Les mots n'ont aucun sens.

Terrible ? C'était plus que terrible. Affreux ? C'était plus qu'affreux. Cauchemardesque ?

Non, l'enfer. L'enfer comme surgi d'un endroit invisible pour s'abattre au milieu de la rue.

Je suis tombée, la caméra est tombée avec moi, je me souviens avoir pensé : « Non, non, elle est à Papa, il m'a fait confiance, il me l'a prêtée, il ne faut pas qu'elle se casse ! »

Après... Non, ça ne sort pas, mon cœur bat trop vite et il ne le faut pas. À l'hôpital, ils m'ont donné des calmants, ou des antidépresseurs, ou des somnifères, enfin, une saloperie censée m'aider à vivre pendant les jours qui viennent mais je ne veux pas les prendre, alors il faut que je reste calme, sage, que ça ne se mette pas à bouillonner trop fort sinon ma mère va me forcer à les avaler.

J'arrête là, pour aujourd'hui. Pardon. Je n'ai parlé que de moi. Pardon. Je ne t'ai même pas dit que je suis entière, que je n'ai rien, pas même une égratignure, mon corps est intact.

À bientôt, Naïm,

Tal

En morceaux

Je voudrais ne plus être moi, pour quelque temps. Me reposer de ma mémoire.

J'ai commencé à écrire il y a quatre mois. Après l'explosion au café Hillel, j'ai pensé que la mort nous avait frôlés une fois en passant son chemin, et qu'elle irait voir ailleurs désormais.

Mais les probabilités, les statistiques, c'est bon pour les maths, la biologie, ce sont des chiffres sur du papier. Dans la vie, qu'est-ce que ça signifie de savoir que j'ai une malchance sur trois cent mille de me trouver deux fois en quatre mois dans le périmètre d'un attentat ?

Alors la mort m'a encore frôlée, de plus près cette fois, j'ai senti son souffle chaud qui m'a soulevée puis fait retomber sur le trottoir. (J'ai toujours lu que le souffle de la mort était froid, mais ce n'était pas le cas rue Gaza. Il était chaud, il m'a même semblé brûlant parce que l'air était si froid.)

La caméra de Papa est foutue.

La cassette qui était à l'intérieur semble intacte, comme moi.

J'ai refusé de la regarder. Efrat et Ouri m'ont dit que je pouvais la proposer à une chaîne de télé, que j'étais certainement la seule à avoir filmé l'explosion en direct.

Je ne leur ai pas répondu.

Efrat a remarqué que je leur en voulais, à cause de cette idée idiote.

– Tu sais, Tal, on ne dit pas ça pour que tu te tasses de l'argent. Moi, je comprends que tu ne veuilles pas gagner quoi que ce soit avec le malheur des autres, mais quand même, ce que tu as filmé, c'est de l'info.

– Oui, a poursuivi Ouri, c'est de l'info en direct. Si tu vends ta cassette à une agence, elle sera vue dans le monde entier, c'est vachement important.

– Et pourquoi est-ce «vachement important»? lui ai-je demandé, un peu froidement je crois.

– Parce que le monde entier pourra comprendre enfin ce que nous vivons ici, ce qu'est un attentat.

– Parce que *toi*, Ouri Sadé, petit habitant même pas majeur de Jérusalem, tu comprends ce qu'est un attentat? Tu es déjà mort dans un attentat? Tu as déjà été blessé dans un attentat? Tu as déjà vu un attentat de près? Tu crois que tu sais tout parce que tu allumes ta télé chaque fois?! Mais la télé, Ouri, elle ne te fait pas sentir l'odeur, elle ne te fait pas entendre le silence, la seconde de silence qui suit l'explosion, la seconde où tout le monde est hébété, pétrifié! Et les cris, après, les plaintes, les pleurs, les gémissements, ils pleurent tous comme des gosses, les blessés, même ceux qui ont cinquante ans! Elle ne te les montre pas non plus, la télé, elle n'est pas encore sur les «lieux de l'attentat» avec ses reporters en vie, entiers, en bonne santé, ses caméras et ses gros micros. Personne encore ne sait que, dans l'après-midi, il y aura les enterrements de gens qui partaient au travail le matin, qui avaient payé leur ticket pour la mort, et l'avaient composté en plus. Tu crois qu'on rembourse aux familles des victimes le ticket ? Merde, Ouri ! Si toi tu ne comprends pas tout ça, comment veux-tu que le *monde* ait une petite idée de cet enfer ? Et puis, qu'est-ce que ça peut nous faire, qu'il sache, qu'il voie, qu'il comprenne, le monde ? Ça ne change rien à ce qui s'est passé, à ce qui se passera demain, ici ou à Gaza.

Il a eu l'air gêné. Et fâché aussi. Et moi, je n'avais envie que d'une chose : l'agresser, le blesser, le griffer. Blesser mon Ouri chéri qui a de si jolis yeux noisette, et des cheveux doux, bouclés, et de belles mains de pianiste, même s'il joue de la batterie. Blesser mon amour dont je ne pouvais pas supporter la vue, tout à coup.

J'avais mal au front, au nez, au-dessus des lèvres. Pourtant, je ne suis pas tombée face contre terre. Mais j'ai l'impression qu'une partie de mon visage s'est contractée, qu'elle m'empêchera désormais de sourire, d'avoir des expressions normales.

Ouri a froncé les sourcils.

– Pourquoi tu parles de Gaza ?

– J'ai parlé de Gaza, moi ?

– Oui, tu as dit : « Ça ne changera rien à ce qui se passera demain, ici ou à Gaza. »

– Ah bon ? Eh bien… il y a tous les jours des morts : chez eux, chez nous, ça n'arrête pas. Et puis, Eytan est là-bas en service, je te le rappelle. Je tremble pour lui tous les jours.

Il n'a pas eu l'air convaincu mais n'a rien dit. Efrat s'est sentie de trop. Elle a posé la main sur mon bras:

– Il faut que j'y aille, Tal. Je dois prendre ma petite sœur à la crèche aujourd'hui. On s'appelle demain?

J'ai hoché la tête. Je n'avais pas envie de parler mais j'ai essayé de lui sourire. C'est un amour d'amie: depuis quatre jours, elle prend de mes nouvelles toutes les heures, et jusque tard le soir, juste avant d'aller se coucher. Elle m'a apporté des journaux, des livres, le dernier disque de Norah Jones et une bougie parfumée au jasmin.

– C'est de la part de ma grand-mère: elle dit que le jasmin apaise les battements du cœur et chasse les cauchemars.

J'ai retenu Efrat et l'ai embrassée très fort. Elle m'a serrée dans ses bras, j'ai senti qu'elle avait les larmes aux yeux. Je ne sais pas comment on sait ce genre de chose, sans les voir, peut-être parce que moi aussi j'avais des picotements dans les yeux et le nez. Elle a quitté ma chambre et je l'ai entendue dans le couloir, qui chuchotait avec ma mère.

Ouri me regardait intensément. Je ne voulais pas croiser son regard, je ne voulais pas l'entendre parler, et encore moins entendre le son de ma voix. J'ai fermé les yeux. Il est venu s'asseoir au bord de mon lit. Il a posé une main sur ma main droite, et de l'autre main il m'a caressé les cheveux, a glissé doucement vers une tempe, puis a posé sa main contre ma joue, comme une douce coquille s'emboîtant parfaitement sur mon visage, en bougeant à peine ses doigts. Des larmes sont sorties une à une de mes yeux clos, minuscules cascades d'un plan d'eau qui déborde, et ont roulé vers ses doigts. Il les a essuyées doucement, comme s'il avait de la tendresse pour elles, comme s'il ne voulait pas leur faire de mal mais juste les effacer.

J'ai pleuré. Longtemps. Il a placé ma tête dans le creux de son cou, dans cet endroit que j'ai toujours appelé « mon refuge ». Je pleurais sur moi, sur lui, sur moi qui ne ressens plus rien comme avant, ni l'amour que j'ai pour lui, ni le bonheur que j'ai à être dans ses bras. Je pleurais l'amour qu'il me donnait en me demandant si ce n'était pas une trahison, de recevoir autant de douceur sans bouger, sans rendre quoi que ce soit en retour. Je pleurais de me sentir si vide, en vie mais vide, fragile comme une coquille d'œuf, creuse, un gouffre à l'intérieur qui me donne le vertige, la nausée. Et, pendant ce temps, Ouri continuait à me masser doucement le crâne, sans rien dire. C'est si beau quelqu'un qui se tait, un garçon qui n'a pas peur d'être tendre dans le silence.

Et moi, je repensais à mon agressivité envers lui, et j'ai eu honte, si honte, mais je n'arrivais pas à demander pardon, je ne pouvais rien dire, la crispation s'était étendue dans la gorge et je suis restée dans ses bras sans bouger, incapable de lui dire un mot d'amour, de faire un geste qui aurait été un remerciement.

Il est resté jusqu'à ce que je m'endorme. Ou plutôt, il a cru que je m'étais endormie, alors il s'est dégagé très lentement, il a reposé mon bras sur la couette, m'a embrassé le front puis est sorti sur la pointe des pieds.

Quelques minutes après, ma mère est entrée. Elle a tiré les rideaux, est restée un moment au pied du lit.

Elle a poussé un soupir (de tristesse? de soulagement?).

Ensuite, je me suis endormie pour de bon.

Je n'ai pas remis les pieds dehors depuis qu'on m'a ramenée de l'hôpital, le soir du 29 janvier. J'ai des vertiges, du mal à marcher, je veux rester dans mon lit. On m'a dit que j'étais en état de choc, que ça allait passer, que c'était toujours comme ça pour ceux qui assistaient à un attentat.

Je suis une montre qui s'est arrêtée à l'heure du crime, un cœur qui continue de battre alors que le cerveau ne répond plus.

Je pleure, je regarde dans le vide, je vois des choses que je ne peux raconter à personne.

Je pense à Naïm. Je le comprends si bien lorsqu'il dit qu'il est fatigué. Moi, je suis épuisée.

Il s'est inquiété pour moi, comme moi pour lui il y a quelque temps. Mais il ne s'est inquiété que pour moi, il l'a écrit: les autres lui importent peu. J'aurais tant aimé que lui aussi juge cet attentat barbare, terrible, inexcusable, comme tous les autres. Je commence à comprendre qu'il y a des peines qui ne se partagent pas. C'est triste, mais c'est comme ça.

C'est un peu bête, ce que j'ai écrit. Moi aussi je me suis inquiétée pour lui, et rien que pour lui, même si j'ai eu de la peine pour tous les autres en voyant les images de destruction à la télé. Mais c'était il y a si longtemps…

C'était avant le 29 janvier, où mes yeux ont vu ce qu'ils n'auraient jamais dû voir.

Les écureuils ne vivent pas à Gaza

De : Gazaman@free.com
À : bakbouk@hotmail.com
Objet : qu'est-ce que j'en sais ? Qui a inventé cette case ! ?

Bonne nuit, Tal,

Comme tu peux le constater, je t'écris tard dans la nuit. Il est deux heures du matin, Willy et Paolo sont allés dormir mais ils m'ont laissé les clés de leur petit local. Willy et Paolo, ce sont les deux types de l'association dont je m'étais moqué l'autre jour. Je m'étais trompé sur eux : ce ne sont pas des clowns qui portent des lunettes de soleil et ont de la purée de pois chiches dans le cerveau. Ce sont des types bien. Cet après-midi, ils m'ont proposé de me balader avec eux. On est allés dans l'ancienne gare ferroviaire. C'est là que passait la ligne qui reliait Le Caire à Haïfa, avant 1948. J'ai du mal à imaginer qu'il fut un temps où on pouvait circuler librement dans la région, sans faire la queue pendant des heures devant un check-point. Enfin, dans la gare il n'y a plus de trains, mais un marché. Paolo voulait acheter une robe pour sa copine, *« a typical palestinian one »*, m'a-t-il dit en souriant. J'étais un peu étonné et je me suis retenu de demander pourquoi une fille qui vit à Rome et peut s'acheter plein de jolis vêtements mettrait une robe de chez nous. Il a choisi une djellaba rouge avec des broderies en fil argenté. Heureusement que j'étais là parce que le marchand voulait l'arnaquer, il lui a demandé cent dollars en prétendant que la djellaba était cousue main selon une tradition millénaire. Je lui ai fait remarquer que les coutures étaient bien régulières et bien droites, et que, si une machine n'était pas passée par là, Allah pouvait me changer en âne sur-le-champ. Le marchand m'a lancé un regard rancunier: «De quoi tu te mêles? C'est pas tes affaires. J'ai une famille à nourrir, moi. Et pour tes copains étrangers, c'est rien, cent dollars.»

Paolo a décidé de s'occuper lui-même de la négociation. Il a dit qu'il pouvait payer soixante dollars à condition qu'il ait pour ce prix la robe, mais aussi une petite djellaba bleu ciel pour sa cousine et trois keffiehs pour des copains. Il m'a dit: «En Europe, on en trouve partout des keffiehs, mais là, ce sont des vrais, ils viennent d'ici. Ça leur fera certainement plaisir.»

Le marchand a refusé pendant cinq ou dix minutes, pour la forme, mais il était très content d'empocher soixante dollars, ça doit lui arriver seulement les jours de pleine lune où il neige, c'est-à-dire jamais.

Ensuite, on a pris l'avenue Omar-al-Moukhtar et on a marché jusqu'à Rimaâl, un quartier chic au bord de la mer, pas très loin de l'endroit où j'ai trouvé ta bouteille. (Je sais que les noms de ces lieux ne te disent rien, Tal, mais j'ai envie que tu saches qu'ici aussi les rues, les avenues, les quartiers et les gens ont des noms. Ce n'est pas juste la «bande de Gaza».) Il était déjà tard. Paolo et Willy ont proposé d'aller au restaurant. J'étais gêné parce que les restaurants dans ce quartier sont très chers. Avec l'argent que j'avais en poche, j'aurais pu payer une gorgée et demie d'eau gazeuse et j'aurais eu l'air d'un pauvre type (ce que je suis certainement, mais je ne tiens pas à ce que l'information se répande). J'ai répondu que j'avais des choses à faire, qu'il fallait que je rentre chez moi.

Willy m'a dit: «Eh, on t'invite. C'est mon anniversaire aujourd'hui et je n'ai pas envie de le fêter en tête à tête avec un Italien barbare qui ne boit que du café et jamais de thé.» J'ai cru que Paolo allait se fâcher mais non, c'était juste pour rire. Et j'ai dit oui.

Comme c'était bien, Tal, tu ne peux même pas imaginer. Le restaurant était calme, ils passaient un disque de Natacha Atlas sur un volume très bas, comme s'ils voulaient donner l'impression qu'elle murmurait dans notre oreille. Les serveurs étaient bien habillés et parlaient doucement. J'ai cru qu'on m'avait fait pénétrer au paradis par une porte secrète. Mais en voyant la carte j'ai pensé: s'ils pratiquent les mêmes tarifs au paradis, il ne doit pas y avoir beaucoup de monde de par chez nous. C'était ahurissant. Il y avait des plats à dix, quinze, ou même vingt dollars. Et ce n'étaient même pas des plats compliqués mais des choses comme ma mère en fait tous les jours. Du mouton grillé, des aubergines avec de la viande, du hoummous. Enfin, dans ce restaurant, ce que tu paies, je crois, c'est quelque chose qui n'est pas sur la carte mais qui coûte très cher: l'Impression d'Être Ailleurs, accompagnée de ses petits légumes tranquilles et de sa sauce insouciante.

Paolo et Willy ont commandé du vin. Ils m'ont demandé si je buvais de l'alcool. J'ai dit oui, bien sûr, d'un air détaché, comme si je descendais une bouteille de whisky chaque matin au petit déjeuner alors que je n'en bois jamais. Ils m'ont offert une cigarette et là j'ai dit non, merci, déjà que l'espérance de vie n'est pas élevée par ici, si en plus j'avale du poison…

Ça les a fait beaucoup rire. Willy m'a regardé en tirant sur sa cigarette et m'a demandé :

– *What do you think about the situation, Naïm?*

J'ai pris une grande respiration, j'ai écarquillé les yeux et gonflé les joues, l'air de dire : « Oh, c'est compliqué, tout ça. »

– *About what, exactly?* ai-je demandé pour gagner du temps.

– *The Intifada. The Israelien people. The war.*

Je lui ai répondu des banalités. Que je souhaitais comme tout le monde qu'on ait un État. Que je ne comprenais pas pourquoi ça posait un problème aux Israéliens. Mais que je ne savais pas quand ça allait arriver, parce que c'était mal barré, même si Ariel Sharon avait annoncé qu'il voulait qu'Israël se retire de la bande de Gaza. Et j'ai enchaîné en leur posant des questions sur eux : j'avais envie de continuer à oublier que nous étions à Gaza, je voulais qu'ils me fassent voyager, qu'ils me parlent de leurs pays, de l'Angleterre et de l'Italie, de leur vie là-bas.

Et ils m'ont fait voyager, Tal. Et c'était cent fois mieux qu'en passant par des sites Internet. Willy m'a raconté des choses fabuleuses sur Londres. Il y a là-bas un parc avec des écureuils en liberté (est-ce que tu en as déjà vu, toi ? Moi, jamais). Les gens se promènent, s'assoient sur l'herbe, mangent des glaces ou du pop-corn en famille, en amoureux, seuls. Ils lisent, ils parlent, ils s'embrassent, ils vivent sans avoir peur qu'un missile leur tombe dessus, que la radio annonce deux fois plus de mauvaises nouvelles que la veille, ou qu'un coup de fil leur apprenne qu'un frère, un cousin, un ami a été blessé ou tué. Lui, Willy, n'était pas né à Londres mais était parti faire ses études là-bas. Il y partageait un appartement avec trois étudiants.

– C'étaient des cousins à toi ? lui ai-je demandé.

Il a éclaté de rire.

– Mais non ! Je ne les connaissais pas. Ils ont mis une annonce à l'université pour dire qu'ils cherchaient un colocataire. Je me suis présenté, ils m'ont loué une chambre dans l'appartement et on a fait connaissance après. Deux filles, deux garçons, on s'entendait bien, sauf quand l'autre garçon avait des crises de boulimie la nuit et qu'il vidait le réfrigérateur... Les autres hurlaient le lendemain pour qu'il accepte de payer ce que eux avaient dépensé dans les courses, et lui les traitait de sales capitalistes radins.

J'étais estomaqué. Ici, on vit avec sa famille jusqu'au mariage, et même après parfois, quand il n'y a pas assez d'argent pour louer ou acheter une maison. Alors imaginer deux filles même pas mariées qui vivent sous le même toit que des garçons qui ne sont même pas leurs cousins, ça m'a paru impossible. Extraordinaire et impossible.

Ils m'ont parlé encore de cafés où l'on chante, d'endroits où l'on danse, de petits voyages qu'ils faisaient par-ci par-là quand ils étaient étudiants : quelques jours à Paris, quelques jours à Barcelone, quelques jours à Prague, à Berlin. J'ai pensé qu'ils étaient millionnaires pour avoir voyagé autant, mais je n'osais pas poser la question directement. Alors j'ai demandé ce que faisaient leurs parents et Willy m'a répondu :

– Les miens tiennent une épicerie dans un village, à quatre-vingts kilomètres de Londres.

Et Paolo a enchaîné :

– Mon père est un vieil hippie que j'ai dû voir dix fois en trente ans. Il vend des fromages de chèvre sur les marchés, en France. Et ma mère est bibliothécaire.

Puis, comme s'il avait deviné le sens de ma question, il a ajouté :

– Tu sais, les voyages ne sont pas chers en Europe. Tu peux aller n'importe où pour cinquante euros…

J'ai plongé les yeux dans mon verre de vin, pour qu'ils ne voient pas que j'avais les larmes aux yeux. Ils parlaient de toute cette liberté, de tous ces voyages et de ces merveilles avec tellement de naturel que j'ai pensé qu'ils ne se rendaient même pas compte de la chance qu'ils avaient.

Je me suis mordu les lèvres pour ne pas éclater en sanglots.

Ils ont fait semblant de ne pas remarquer que j'étais triste, en s'arrangeant (comment ? mystère…) pour que leur attitude ne ressemble pas à de l'indifférence mais à de la politesse. Willy a repris :

– Paolo et moi, on s'est rencontrés à Rome, dans un congrès d'associations du monde entier. On a vu les gens de cette association, « Paroles libres ». Ils nous ont dit que leur but était que, dans chaque région du monde où des gens souffraient, il y ait des équipes de psychologues pour les écouter.

– Tu vois, a poursuivi Paolo, on ne peut pas empêcher les conflits, on ne peut pas distribuer de l'argent à tout le monde. Mais, quand on écoute les gens, quand on peut les aider à trouver les déchirures qu'ils ont en eux, on arrive à raccommoder un peu les blessures, à faire en sorte que ces personnes se sentent plus fortes, même dans une situation très difficile.

– Et surtout, ce qui est important, a repris Willy, c'est que ces gens prennent conscience qu'ils existent dans leur individualité, qu'ils ne sont pas que des anonymes pris au hasard dans une foule où tout le monde se ressemblerait, parce qu'ils ont un destin commun. Ils sont uniques.

J'étais bouleversé. Ce qu'ils disaient me remuait les entrailles. Ils avaient dit « écouter », « raccommoder les blessures », « des gens qui existent dans leur individualité », et chacun de ces mots avait fait fondre en moi des blocs de glace. J'avais des vagues de sanglots dans la gorge, qui sont montées et se sont transformées en cascades au bord des paupières. Je me suis retenu, mais c'était trop dur, j'étais tout liquide à l'intérieur, je ne pouvais plus contenir les flots.

Je me suis levé pour aller aux toilettes. Vite.

Trop vite.

J'ai renversé mon verre de vin et, comme dit l'expression, ce fut la goutte d'eau qui fit déborder le vase.

J'ai éclaté en sanglots. J'ai plaqué mes mains sur mon visage. J'ai voulu m'étouffer, m'effacer, disparaître. J'avais honte d'être moi, avec ce corps maladroit, cette faiblesse des larmes.

J'ai vingt ans, et je pleure comme une femme, comme un enfant, comme un fou, devant deux types qui en ont dix de plus, et qui m'ont invité dans un restaurant très cher.

Willy a posé une main sur mon épaule. Jamais personne n'avait fait ce geste depuis que ma grand-mère est morte. J'étais secoué comme un disque rayé. Lamentable. Ridicule.

Paolo a dit :

– Viens, on va marcher dehors.

Je suis sorti en baissant la tête, en me promettant silencieusement mais de toutes mes forces, sur la vie de mes parents, que jamais plus je ne remettrais les pieds dans ce quartier, dans ce restaurant, même si on me proposait en échange une propriété privée sur la face cachée de la Lune.

On a marché en direction de la mer, sans rien dire. Je reniflais, je me maudissais de ne pas avoir de mouchoir, d'être moi. Willy m'en a tendu un en murmurant :

– *You can talk if you want, Naïm.*

Et j'ai parlé comme je n'avais jamais parlé à personne, comme ça n'arrive qu'une fois dans la vie peut-être. J'ai dit à des types que je connais à peine des choses que je n'avais jamais dites à personne. Ils m'écoutaient avec leurs yeux, avec leurs regards tranquilles, l'air de dire : vas-y. On peut tout entendre.

On a le temps, là. On ne te jugera pas, on ne racontera rien à personne.

Je ne sais pas si je leur ai beaucoup parlé de mes « déchirures », comme ils disent. Mais je leur ai raconté *moi*, presque depuis le début.

Et maintenant je te raconte ma soirée, à toi, Tal, au lieu d'écrire sur une feuille que je déchirerai ensuite.

Il faut bien que je puisse dire à quelqu'un que, pour la première fois depuis longtemps, très longtemps, je me sens bien.

Léger.

Allez, j'ose le mot :

Heureux.

Bonne nuit maintenant, pour de bon.

Naïm

Descendre du grand 8, même en marche

De: bakbouk@hotmail.com
À: Gazaman@free.com
Objet: je suis là, moi aussi!

Cher Naïm,

Regarde l'heure: moi non plus je ne dors pas. Je me suis installée pour t'écrire et j'ai trouvé ton message, que tu as envoyé il y a quelques minutes. C'était tellement simultané que j'ai eu l'impression de t'avoir à mes côtés, ou pas loin du tout en tout cas, et de te voir, pour la première fois. Je ne saurais pas te décrire, mais je suis sûre que je pourrais te reconnaître dans une foule.

Si tu es toujours connecté, on pourrait peut-être dialoguer?

J'attends ta réponse,

Tal

De: bakbouk@hotmail.com
À: Gazaman@free.com
Objet: ce sera pour une autre fois...

Tu as dû monter chez toi et t'endormir.

Ce n'est pas grave: j'ai l'impression que tu es toujours là, ou que tu es enfin là.

C'est grâce à la nuit, et à ce que tu as écrit aussi.

J'adore être éveillée la nuit. J'ai l'impression d'être cent fois plus vivante que le reste du temps, de mieux entendre la voix qui parle dans ma tête, d'être pleine d'émotions qui ne supportent pas la lumière du jour.

Et puis, comme dit Efrat, la plupart des profs dorment la nuit, et les parents aussi: c'est pour ça qu'on se sent plus libre!

Tu as vingt ans, donc, comme mon frère.

Et tu as souvent une boule dans la gorge en ce moment, comme moi.

Il était beau, le mot «heureux», à la fin de ton message. J'ai eu envie de découper le bout d'écran où il était inscrit et de le suspendre au-dessus de mon lit. Dommage que les écrans soient si chers...

J'ai été avec Paolo, Willy et toi à la gare routière, j'ai marché dans l'avenue Omar-al-Moukhtar. Tes nouveaux amis t'ont fait voyager à Londres et à Rome et toi, tu m'as promenée dans Gaza. Merci! (En ce qui concerne les écureuils, je n'en ai jamais vu non plus en dehors de ceux qui sont dans *Bambi* et dans *Rox et Rouky*.)

Ça fait une semaine que je ne suis pas sortie de chez moi, que je ne suis pas allée au lycée. Efrat m'apporte les cours que je rate, et je ne les lis pas. C'est bientôt le bac blanc, mais l'avoir ou pas me semble un événement minuscule. Je me sens déconstruite. Je n'arrive pas à fixer mon regard, mon attention sur quelqu'un ou quelque chose plus de dix secondes.

Sauf sur tes mails.

Et dans les bras d'Ouri aussi, parfois.

Le reste du temps, je suis sur un grand 8, je monte, je descends à toute vitesse, je ne sais même pas si j'ai la tête en bas, si c'est moi qui suis à l'envers, ou la machine, ou le monde. Je suis lancée à une allure folle.

Ou plutôt : mes pensées sont lancées à une allure folle, elles se cognent, elles s'éparpillent dans ma tête comme un tas de billes en plomb jetées sur un champ magnétique.

Comme ça : j'ai vu des corps, des morts, des choses que je ne veux pas décrire. Naïm m'a donné son prénom, sa confiance. J'ai entendu des cris, j'ignorais que les humains pouvaient produire de tels sons. Je devrais me taire, je n'ai plus rien de cohérent à dire. Je voudrais me rassembler, je suis une boule de mercure qui s'est divisée en minuscules petites boules affolées. Tout ça, c'est de la faute aux Palestiniens, qui ne veulent pas la paix, qui nous haïssent, qui ne rêvent que de nous tuer. Non, c'est notre faute à nous, qui leur refusons, depuis des années, le droit à un État, mais de quel droit leur refuse-t-on ce droit ? Je m'embrouille, je bafouille, mes pensées font du rap. Je mets le disque de Norah Jones. J'essaie d'écouter, de me concentrer, elle a l'air heureuse et tranquille, elle. Je lis les paroles de la première chanson. Sur une ligne entière, y a écrit « Ooooo, oooo, oooo ». Ça paraît rien, comme ça, presque des zéros alignés bêtement, mais quand c'est sa voix qui chante « Ooooo, oooo, oooo », ça t'emmène loin, seule avec une guitare dont tu aimerais savoir jouer, sur un nuage. Mais non, je n'arrive pas à me concentrer plus longtemps que ça sur Norah Jones. Si je mettais un DVD ? En une semaine, j'ai vu six fois *Danse avec les loups*, et le film dure trois heures ! La première fois que je l'ai vu, j'ai pensé que mon père aurait pu jouer le rôle de Kevin Costner. Il possède les mêmes gestes calmes, le même regard qui me fait fondre de bonheur parce que, devant lui, je me sens petite et protégée. Non, pas de DVD. Si je vais au salon, mes parents sauront que je suis réveillée, ils me forceront à me recoucher. Tiens, je n'ai peut-être pas si envie que ça de me sentir petite et protégée. Je vais avoir dix-huit ans. Je suis même censée partir dans quelques mois à l'armée. Mais personne ne voudra de moi là-bas s'ils s'aperçoivent que je suis sur un grand 8 en permanence. J'ai bien envie de te voir, Naïm. Pour de vrai, en chair et en os, on aurait des tas de choses à se raconter. On inviterait tes copains Paolo et Willy, je te présenterais Efrat, Ouri, et la sœur d'Ouri. On trouverait un coin, dans le désert de Judée, vers la mer Morte, tu sais, là où tu as l'impression d'avoir été projeté sur la Lune sans t'en apercevoir, le point le plus bas de la Terre. Il faut bien ça, le point le plus bas de la Terre, pour une grande fête entre gens qui refusent qu'on les envoie au fond d'un trou. Oh, oui ! Ça serait bien, Naïm, de boire et de manger ensemble, et Ouri apporterait sa guitare, et on ferait « Ooooo, oooo, oooo » comme Norah Jones, on chanterait en hébreu, en arabe, en anglais, en italien, et je vous terroriserais tous ensuite pour laisser l'endroit bien propre, la mer Morte, c'est sacré, c'est unique au monde et je fais quand même partie de la Société de protection de la nature depuis huit ans.

Dis, peut-être que tu es quand même revenu derrière ton écran ? Il est quatre heures du matin, mais je ne suis pas sûre que tu dormes après ta soirée bouleversée. Ils sont drôlement sympas de t'avoir laissé les clés, les deux psys.

Allez, sois là !

Tal

De : bakbouk@hotmail.com
À : Gazaman@free.com
Objet : évidemment...

J'ai attendu cinq minutes. Puis dix. Mais tu n'es pas redescendu consulter ta messagerie, d'ailleurs, ce n'était pas du tout logique que tu descendes à quatre heures trente pour vérifier tes messages. Tu dois te tourner et te retourner dans ton lit, et penser à tout ce que tu as dit à Willy et à Paolo, et penser à moi aussi peut-être, je suis sûre de ne pas me tromper, elle est pas folle, Tal, elle est juste un peu abîmée mais elle comprend ce que les autres ressentent. En tout cas, depuis quelques jours, depuis ton dernier mail, je me sens vraiment *connectée* avec toi. Et tu sais quoi ? Je parie que tu t'es fait engueuler par tes parents en rentrant, parce que tu ne les avais pas prévenus que tu allais rester dehors si tard...

Je vais essayer d'enlever ma ceinture et de sauter du grand 8 sans me faire mal. Je vais essayer de dormir.

Bonne nuit, Naïm.

Tal

De: Gazaman@free.com
À: bakbouk@free.com
Objet: tes insomnies

Salut, Tal,

Tu m'inquiètes. Tu es drôlement agitée. Tu devrais voir quelqu'un comme Willy ou Paolo, un psy, quoi, ça te ferait du bien. Tu peux faire ça facilement dans ton pays. Ici, c'est plus compliqué. Willy et Paolo m'ont expliqué qu'ils passaient un temps fou à convaincre les gens qu'aller voir un psy était normal. Personne ne veut y envoyer ses gosses, et encore moins ses filles. On a peur que, si la chose se savait, la fille soit étiquetée «folle» et même un borgne bossu ne voudrait pas d'elle pour femme. C'est pour ça qu'ils font des consultations à l'hôpital, les types de «Paroles libres». Comme ça, les gens racontent qu'ils vont faire des examens du cœur, ou un bilan sanguin, ou rendre visite à quelqu'un et en fait, par une porte dérobée, ils vont raccommoder leurs blessures de l'âme, comme dit Willy.

À part ça, tu ne t'étais pas trompée, mes parents étaient verts d'inquiétude et blancs de rage, quand je suis rentré. J'ai dit que j'étais un homme, pas un gosse. Ils m'ont dit: les rues de Gaza ne sont jamais sûres pour les hommes. J'ai dit: vous ne pouvez pas comprendre, j'étais ailleurs. Ou Ailleurs, tiens, avec une majuscule, dans un endroit où il ne pouvait rien m'arriver. Ils m'ont dit: tu divagues, tu délires, tu as bu, regarde, ta chemise est tachée.

– Du sang! s'est exclamée ma mère.

– Non, du vin, a corrigé mon père. Ton fils a bu du vin.

– J'ai bu une gorgée et je ne divague pas! J'étais avec Willy et Paolo, vous pouvez leur demander si j'ai fait des conneries.

La scène s'est terminée par une promesse de cadeau, oui, oui: ils veulent m'offrir un portable pour pouvoir me joindre n'importe où, n'importe quand.

J'ai voulu leur dire: je n'en ai pas besoin. Et bientôt vous ne vous ferez plus de souci pour moi.

Mais je me suis tu.

Ils avaient l'air tellement rassurés, soudain, par leur bonne idée qu'ils n'étaient plus du tout fâchés.

Je dois te laisser maintenant.

Mais avant cela... tu m'as donné une idée. Connectons-nous sur un site de messagerie instantanée. Tu sais comment faire, je suppose. Mets-moi dans tes contacts, j'en ferai de même. Et on pourra dialoguer vraiment..

Salut,

Naïm

La paix passe par les fous

Gazaman: C'est vraiment toi, là, Tal? C'est toi qui es connectée?

Bakbouk: Oui, c'est moi.

Gazaman: Ça va?

Bakbouk: Je ne sais pas. Et toi?

Gazaman: Je n'en sais rien non plus...

Bakbouk: Mes parents ont eu la même idée que toi. Ils m'ont emmenée voir un psy. Ça faisait dix jours que je n'étais pas sortie de chez moi, ils m'ont dit que ce n'était plus possible.

Gazaman: Il a quelle tête, ton psy?

Bakbouk: Il ressemble à John Lennon, le type des Beatles.

Gazaman: Oui, je connais. Mes parents aiment beaucoup ce groupe. Et à part ça? Il est comment?

Bakbouk: À part ça, je n'ai pas pu lui dire un mot pendant dix minutes. Je disais: «euh... euh... eh bien...» Et j'arrivais encore moins à le regarder dans les yeux.

Gazaman: Et?

Bakbouk: Il m'a dit: «Dis-moi ce qui te passe par la tête.»

Gazaman : Et tu lui as dit ?

Bakbouk : Je l'ai regardé d'un air méfiant. Je lui ai répondu : « C'est une drôle de salade, dans ma tête. Y a du miel et du vinaigre, des violons et une batterie, du rap et des chants grégoriens. Si je vous donne la liste jusqu'au bout, même avec le mode d'emploi en hébreu pour tout comprendre, vous allez m'interner. »

Gazaman : Tu as vraiment pensé ça ?

Bakbouk : Bien sûr. Ça ne t'est jamais arrivé de croire que tu étais fou ?

Gazaman : Des tas de fois.

Bakbouk : Tu vois... Mais c'est peut-être nous qui sommes normaux. Nous qui nous croyons fous.

Gazaman : Oui. On devrait créer un asile israélo-palestinien, toi et moi. Ça serait un très beau signe de réconciliation, comme disent les Occidentaux. On l'appellerait l'Institut « Majnoun et Meshouga ». On graverait notre maxime sur le fronton : « La paix passe par les fous ».

Bakbouk : C'est superbe. Mais il faut que je te laisse, Ouri vient d'arriver. On essaie de se reparler ce soir ?

Gazaman : Je ne sais pas si je pourrai.

Bakbouk : Pourquoi ?

Gazaman : Parce qu'on ne sait jamais ce qui peut arriver. Et que même si on n'est pas croyant, mieux vaut dire *Inch Allah*.

Bakbouk : On se reparle ce soir, *Inch Allah*. D'accord ?

Gazaman : Ça fait bizarre, dit comme ça. Dit par toi. Mais c'est d'accord.

Le soir même.

Bakbouk: Bonsoir, Naïm.

Gazaman: Bonsoir, Tal.

Bakbouk: Tu es toujours fourré chez Paolo et Willy, maintenant?

Gazaman: Je suis souvent devant leur ordinateur, plutôt.

Bakbouk: Ils ressemblent à quoi, tes deux amis?

Gazaman: Pourquoi cette question?

Bakbouk: Comme ça. Je suis une visuelle, moi. N'oublie pas que je voulais faire du cinéma.

Gazaman: Pourquoi tu en parles au passé?

Bakbouk: Parce que je ne sais plus ce que je veux. J'ai réussi à construire deux phrases complètes dans le cabinet de John Lennon: «J'ai échappé à la mort. Cette idée m'empêche de dormir.»

Gazaman: Pourquoi elle t'empêche de dormir?

Bakbouk: Parce que je ne comprends pas ce hasard. Si j'avais été à la place du chat que je filmais, je serais morte.

Gazaman: Il est vraiment mort, lui?

Bakbouk: Oui.

Gazaman: Mais ce n'était qu'un chat. Je veux dire: un chat est plus fragile qu'un être humain. Toi, tu aurais peut-être été juste blessée.

Bakbouk: Je n'en suis pas si sûre. Bon, ils ressemblent à quoi, ton Willy et ton Paolo?

Gazaman: À des Européens.

Bakbouk: C'est-à-dire?

Gazaman: Des types qui ont l'air paisibles même quand ils ne sont pas rasés. Des types qui ne sont pas aux aguets, prêts à courir à la moindre alerte. Willy est blond, assez grand, il ressemble un peu à Bill Clinton quand il était jeune. Et Paolo, oh, j'en sais rien, ça ne veut strictement rien dire, une description.

Bakbouk : Bon. Et toi ?

Gazaman : Quoi, « moi » ?

Bakbouk : Tu ressembles à quoi, à qui ?

Gazaman : À un Arabe issu de l'union d'un homme et d'une femme.

Bakbouk : Hum, tu recommences à te moquer de moi ?

Gazaman : Peut-être bien. Si tout le monde prend des pincettes avec toi, tu ne sortiras jamais de la rue Gaza. Tu resteras bloquée à vie là-bas, devant le chat mort et l'autobus explosé.

Bakbouk :…

Gazaman : Pourquoi tu ne dis rien ?

Bakbouk : Je pleure. Je souris. T'es mieux que John Lennon, toi.

Gazaman : Non. Lui il fait un métier. Moi, je te connais d'avant.

Bakbouk : Tu as vraiment l'impression de me connaître ?

Gazaman : Oui. Et je te vois aussi. Je te vois vraiment, j'ai ta photo en tête. Je n'ai jamais eu le temps de te dire merci, c'était juste avant l'attaque. Tu es… jolie. Bravo.

Bakbouk : Je n'y suis pour rien. « Tu sais bien qu'on ne choisit rien de ce qui détermine nos vies : ni notre tête, ni notre lieu de naissance, ni nos parents. Rien.

Il faut se débrouiller avec tout ce qu'on n'a pas choisi et qui est nous. » Mon père m'a dit ça, l'an dernier, un jour où j'avais du mal à vivre en présence permanente de moi-même. (Et c'était un *attentat*, rue Gaza, pas une « attaque ».)

Gazaman : Si tu veux. Nos deux peuples n'ont jamais été d'accord sur les mots. Vous dites « Israël », on dit « la Palestine ». Vous dites « Yéroushalaïm », on dit « Al-Quds ». Vous dites que vous recherchez des terroristes dans la ville de Sichem et nous on dit que vous êtes aux trousses de nos combattants dans la ville de Naplouse. (Et c'est la même ville ! Et ce sont les mêmes hommes !) Vous dites un « terroriste », on dit un « martyr » (quand il est mort, évidemment. Sinon, c'est un combattant, un courageux combattant). Vous dites : « On commence par la sécurité, ensuite il y aura la paix » et nous disons : « Commençons par la paix, la sécurité viendra d'elle-même ensuite. » En fait, avant de créer notre asile pour les psychotiques israéliens et palestiniens, on devrait faire un dictionnaire binational, un dictionnaire où on se mettrait d'accord sur les mots qu'on utilise, vous et nous. (Et ton père est un homme intelligent.)

Bakbouk : À mon avis, si on est d'accord sur les mots, on est d'accord sur tout.

Gazaman : Pas bête, pas bête. Je dois te quitter maintenant. Il faut que je m'occupe de quelque chose d'important.

Bakbouk : C'est quoi ?

Gazaman : Un secret.

Bakbouk : Tu en as beaucoup, des secrets, quand même.

Gazaman : Non. J'ai surtout des rêves. Mais je tiens pour l'instant à les garder secrets

Bakbouk : Tu me les diras, un jour ?

Gazaman : Peut-être. Salut.

Les révélations d'Eytan

De: bakbouk@hotmail.com
À: Gazaman@free.com
Objet: des tonnes et des millions de nouvelles incroyables

Cher Naïm,

Je n'ai pas pu me connecter pendant plusieurs jours, je n'arrivais pas à accéder à ma boîte. En l'ouvrant de nouveau, je pensais trouver un petit paquet de messages venant de toi (de toi, forcément, tu es le seul à connaître cette adresse). Il n'y avait rien. Et la petite fenêtre qui m'indique d'habitude que tu es connecté en même temps que moi ne s'ouvre pas. Que se passe-t-il donc?

Pourtant, c'est calme à Gaza en ce moment. Enfin, ils n'ont rien annoncé de particulier à la radio

On va dire que tu es dans une période «cachotteries» et que tu referas surface bientôt.

Moi, j'ai plein de choses à te raconter. Des tonnes et des tonnes, je ne sais pas par où commencer!

Je vois John Lennon deux fois par semaine. Depuis qu'il m'a dit en souriant qu'il n'avait pas besoin de mode d'emploi pour me comprendre, je lui raconte tout ce qui me passe par la tête sans faire le tri et c'est très reposant. Je ne sais pas si ça m'aide, comme on dit, mais j'arrive au moins à sortir un peu dans mon quartier et je retournerai au lycée bientôt. Parfois je sors avec Ouri le soir, je vais jusqu'à chez lui, ce n'est pas très loin, on marche dans la rue, il me tient le bras et je me sens comme une petite vieille de quatre-vingts ans. Je me suis souvenue que dans un journal, il y a quelques mois, ils parlaient de toutes ces victimes qu'on n'évoque jamais : ceux qui ont assisté à un attentat sans être blessés, ou très légèrement, et qui restent traumatisés, figés dans ce moment et dans leur peur. Des parents racontaient qu'ils n'avaient plus de vie depuis que leurs deux enfants avaient assisté à un attentat en allant faire des courses dans un centre commercial. Il fallait les accompagner en voiture à l'école, et les chercher en voiture également. La mère s'était arrêtée de travailler pour pouvoir faire le chauffeur. À la maison, les enfants exigeaient que la porte soit toujours fermée à clé, et les volets tirés. Ils refusaient que leurs parents sortent le soir et les laissent seuls ou avec une baby-sitter. Ils dormaient avec la lumière allumée et se réveillaient plusieurs fois par nuit. « Notre vie est foutue, répétait la mère. Nous serons sauvés le jour où les enfants accepteront qu'on ouvre les volets. »

Dans un autre journal, *Haaretz*, il y avait la semaine dernière un article où on parlait des enfants palestiniens. Tiens-toi bien et lis attentivement la suite, elle est incroyable. Quatre-vingts pour cent d'entre eux avaient été blessés, ou traumatisés par un acte de guerre auquel ils avaient assisté d'une façon ou d'une autre. Le journaliste évoquait la difficulté à conduire tous ces jeunes vers des psychologues et il donnait la parole à un certain Paolo Fraterini, de l'association « Paroles libres » !!! Tu te rends compte ! Ton ami Paolo chez moi, dans mon salon ! Ou plutôt, dans le journal sur la table du salon ! J'étais si contente, il fallait que je le dise à quelqu'un. Eytan était à la maison. (Il n'est plus à Gaza. Il fait une dernière période d'entraînement, quelque part dans le nord du pays, et il sera bientôt libéré. Presque pile au moment où moi je partirai, si on me juge apte au service, ce qui n'est pas gagné…) Bref, Eytan était à la maison, et je lui ai tout raconté. Ce qu'il y avait dans la bouteille, notre correspondance, toi. Il n'a pas eu l'air surpris. Je l'ai secoué :

– Eytan, je te dis que j'ai un ami palestinien et c'est tout ce que ça te fait ?!

– Je le savais à moitié.

– QUOI ?

– Qu'est-ce que tu crois ? Quand tu m'as donné ta bouteille, j'ai été obligé de l'ouvrir. Il fallait que je sache ce qu'il y avait dedans.

– Mais… pourquoi ?

– Enfin, tu vis sur Mars ou quoi ?! Tu pensais vraiment que j'allais jeter une bouteille à la mer, à Gaza, sans rien savoir de son contenu ? Je suis un soldat, Tal. Pas un doux rêveur irresponsable !

– Parce que moi je le suis, c'est ça que tu veux dire, je suis irresponsable et folle, hein ?

Il m'a répondu qu'il ne le pensait pas du tout, qu'il

avait fait ça avant tout pour me protéger mais je ne l'écoutais plus, je hurlais qu'il m'avait trahie, et que plus jamais je ne lui ferais confiance.

Notre appartement est grand, mais pas au point qu'on n'entende mes hurlements à l'autre bout. Je crie rarement, je déteste ça, sauf que, lorsque je m'y mets, mes cris parviennent jusqu'à la Vieille Ville.

Les parents sont accourus.

– Mais qu'est-ce qui vous arrive, tous les deux, vous êtes retombés en enfance ? a demandé Maman.

– C'est lui, c'est lui, il m'a trahie ! ai-je continué à hurler en montrant Eytan du doigt.

– Comment ça ? a demandé Papa d'une voix calme.

Alors, je leur ai tout raconté, en bégayant. Ils semblaient abasourdis.

– Eh bien, quoi ? Je n'ai rien fait de mal. C'est quand même vous qui m'avez élevée dans l'idée que les Palestiniens étaient nos égaux ! Vous n'allez pas me reprocher d'avoir voulu mieux les connaître !

Je te passe les détails. Ils m'ont dit qu'au contraire ce que j'avais fait était très beau, même si ça aurait pu être dangereux. (Et si ta bouteille était tombée entre les mains d'un fanatique ? Il aurait pu te faire du mal avec ses mots, avec sa haine.) Ils étaient surpris que je n'en aie parlé à personne, surtout Papa. Je leur ai répondu que le secret s'était imposé à moi, que je n'avais pas envie de faire de cette correspondance une affaire familiale, un sujet dont on m'aurait demandé des nouvelles. Ils m'ont posé des questions sur toi. Je n'ai pas pu leur dire grand-chose. Ce que je sais de toi ne peut pas se résumer. J'ai répondu que tu avais vingt ans, que tu vivais dans la ville de Gaza et que tu écrivais bien.

Eytan a demandé :

– C'est tout ce que tu peux nous dire de lui ?

Oui, c'était tout.

Mon père a dit encore que cette correspondance était un signe d'espoir. Qu'elle prouvait qu'il y avait quelque chose de possible entre vous et nous, un rapport humain et amical. Tu vois, j'ai de qui tenir, dans le domaine de l'espoir..

Plus tard, Eytan est venu dans ma chambre. J'étais assise par terre, je fixais du regard le grand éventail au-dessus de mon lit que la sœur d'Ouri m'a rapporté de Thaïlande, il y a un an. De grands oiseaux noirs sont sur le point de s'envoler, mais ils ne s'envolent jamais. Il y a aussi des fleurs en grappes que je n'ai jamais vues et dont personne ne connaît le nom.

Eytan s'est assis près de moi. Il a passé son bras autour de mes épaules, tendrement.

– Tu m'en veux toujours, petite sœur ?

J'ai fait un signe de la tête qui disait à la fois « oui » et « non ».

– Je voulais te protéger, et seulement te protéger. Tu ne sais pas ce que c'est, Gaza. Il y a tant de monde sur cette petite bande de terre ! Des gens comme toi et moi, en plus malheureux encore parce qu'ils sont moins libres, parce qu'il y a tout le temps des couvre-feu, parce que le chômage est très élevé, parce qu'ils en ont marre de leur vie. Et puis il y a les autres, les fanatiques : ils sont terrifiants. Je voulais être sûr que ta bouteille aurait une chance d'arriver à bon port.

– Mais comment as-tu fait ?

– Je l'ai enfouie à moitié dans le sable. Puis je suis allé régulièrement surveiller l'endroit, pour voir si elle était toujours là, ou si quelqu'un l'avait prise. Au sixième jour, un jeune homme est venu s'allonger sur la plage, seul. Il avait un livre à la main mais ne lisait pas. Il a longtemps regardé la mer, le ciel, puis il s'est allongé et…

– … TU AS VU NAÏM ?! Et tu ne lui as pas parlé ? Tu ne lui as rien dit ?

– On n'avait pas été particulièrement présentés, si tu veux savoir.

– Il est comment ? Décris-le-moi !

– Assez grand. Un mètre soixante-quinze environ. Mince. Il portait un jean et un tee-shirt bleu. Des cheveux courts, légèrement bouclés. Pas de signe particulier, et j'étais trop loin pour voir la couleur de ses yeux.

(Tu as raison, Naïm : une description ne veut rien dire. Mais tu te rends compte ! Mon frère t'a vu !)

– Et alors ? Que s'est-il passé ?

– Il a ouvert la bouteille, en a retiré les feuilles, les a lues. Plusieurs fois, je crois. Il est resté allongé un moment puis il a mis la bouteille dans son sac.

– Et puis ?

– C'est tout.

– Comment ça, c'est tout ?

– Il est parti avec la bouteille. Moi, va savoir pourquoi, je lui ai fait confiance. Parce qu'il était seul, qu'il avait regardé la mer et qu'il avait un livre à la main.

– Tu ne l'as pas suivi ?

– Eh, je ne suis pas un détective privé ! Je suis un soldat. On ne se balade pas en pleine ville de Gaza avec un uniforme israélien, tout seul, en touriste.

J'étais si émue ! Et plus du tout en colère. Mon frère t'avait vu. Il t'avait fait confiance.

Il avait raison.

Oh, je te sens si proche, maintenant. Ça me semble de plus en plus irréel, de plus en plus illogique que nous ne puissions pas nous voir !

Écris-moi !

À bientôt,

Tal

Un blouson qui protège

Ce soir, Ouri ne pouvait pas venir me voir, il était invité à un mariage et j'ai préféré ne pas l'accompagner. Je me sens incapable de danser, d'entendre de la musique à fond et, surtout, de voir six cents personnes faire la fête.

Mon père m'a proposé de faire un tour avec lui, pour compenser ma promenade quotidienne de petite vieille avec Ouri.

Nous avons commencé à marcher dans la rue Emek-Refaïm en direction de la cinémathèque. En passant devant le café Hillel, j'ai frissonné. Il y a six mois, une jeune fille était attablée là avec son père et puis…

J'ai dit à mon père à moi qui était bien vivant à mes côtés :

– Tu te souviens de Nava Appelbaum ?

Il a froncé les sourcils en désignant le café du menton.

– La jeune fille qui est morte avec son père ici, il y a six mois ?

– Oui, celle qui devait se marier le lendemain.

– Je m'en souviens. Pourquoi cette question ?

– Eh bien, c'est après cet attentat que j'ai commencé à écrire, que j'ai eu l'idée de tout mettre dans une bouteille, et que j'ai donné la bouteille à Eytan.

– Je comprends ton geste, a murmuré mon père.

– Vraiment?

– Bien sûr. C'est l'instinct de survie qui t'a guidée ce jour-là. Inconsciemment ou pas, tu t'es défendue contre le désespoir. Tu as eu envie de dépasser la violence, de parler un autre langage que celui de la haine ou de l'indifférence. Je crois que n'importe quel être humain normalement constitué a besoin de savoir qu'il n'est pas cerné par des ennemis prêts à le dévorer.

J'ai soupiré. Je me suis mise à trembler, de froid ou d'autre chose. Mon père a posé son blouson sur mes épaules. Je me suis blottie à l'intérieur du tissu épais, rugueux, en respirant profondément son odeur et je me suis sentie un peu protégée.

– Tu sais, Papa, je me sens tellement plus vieille qu'il y a six mois...

Il a hoché la tête et m'a demandé:

– « Vieille», ça veut dire quoi, pour toi?

– Je ne sais pas comment te l'expliquer... Je n'ai plus envie de faire de projets, de penser à l'avenir. J'ai vu de mes yeux un bus rempli de gens qui avaient des projets et...

– Oui?

– ... ces projets ont explosé avec le reste.

Il n'a rien dit. Il a passé son bras autour de mon cou. Les murailles de la Vieille Ville nous ont fait face soudain, et on s'est assis d'un commun accord sur un banc pour les contempler.

Des projecteurs éclairaient les remparts. Des rectangles de lumière crénelés, et, à notre gauche, la citadelle de David (qui ne date pas de l'époque de David, ajoute généralement mon père), tranquillement dressée vers la lune.

Mon père a dit, comme s'il lisait dans mes pensées :

– Un paysage peut nous apaiser, être plus fort que nos tourments parce qu'il est vaste, et que nous retournons à notre minuscule dimension face à lui

C'était vrai. Je me sentais toute petite. Mais c'était aussi grâce au blouson.

– Tu as vu ? a poursuivi mon père, c'est rare que la lune soit placée juste au-dessus de la citadelle de David, qui d'ailleurs...

– ... ne date pas de l'époque de David et qui a été sérieusement restaurée au XVIe siècle par Soliman le Magnifique, je sais !

Nous avons éclaté de rire.

C'était la toute première fois depuis le 29 janvier. J'étais secouée, pile à mi-chemin entre le rire et les larmes. Ce n'était pas désagréable.

Je sentais que mon père avait envie d'en savoir plus sur Naïm, mais qu'il n'osait pas poser de questions Alors, une fois calmée, je lui ai dit :

– Tu sais, il y a six mois, lorsque j'ai envoyé ma bouteille, j'étais naïve. Je pensais vraiment qu'Eytan la jetterait à la mer, je voulais qu'un vrai miracle se produise. Je me disais : si quelqu'un la trouve et m'écrit, ce sera déjà un signe.

– Un signe de quoi ? a-t-il demandé.

– Qu'aucune frontière entre les peuples n'est impossible à traverser.

– Et tu l'as traversée, cette frontière ?

– Je crois. Enfin, ça ne s'est pas du tout passé comme je l'avais imaginé. J'étais persuadée que j'allais tomber sur une fille, qu'on se raconterait nos vies, et qu'à travers elle je me représenterais tout un peuple. Ça n'a pas été le cas. C'est certainement mieux comme ça. Je ne pense pas mieux connaître les Palestiniens – ça ne rime pas à grand-chose de dire ça, à moins de s'installer là-bas pendant plusieurs mois et de partager leurs vies. Je pense connaître Naïm. Et plus encore : je me suis attachée à lui. J'ai même cru, à un moment donné, que j'étais en train de tomber amoureuse ! Oh, je sais, c'est facile d'imaginer des choses derrière un écran, mais j'aimais le lire, j'attendais avec impatience ses messages, je les relisais plusieurs fois. Il me faisait beaucoup rire, y compris lorsqu'il se moquait de moi. Et le reste du temps, il me touchait, parce qu'il n'écrivait pas comme les autres garçons, qui n'écrivent pas beaucoup, d'ailleurs. Parce qu'il a fini par m'accorder sa confiance, aussi.

– Et Ouri, dans cette affaire ?

– Je l'aime. Enfin, je crois. En même temps, si on me disait que je peux aller à Gaza maintenant, à la minute même, sans rien risquer, je foncerais voir Naïm. Et ça me fait mal, tellement mal que ce soit impossible.

– C'est impossible *maintenant*, Tal. Ça ne le sera pas forcément toujours.

J'ai levé les yeux vers lui.

– Tu n'en as pas marre d'y croire, Papa ?
– À quoi ?
– À la paix entre les Palestiniens et nous. Ça doit faire trente ans maintenant que tu te bats pour ça, et que ça va de mal en pis.
– Trente ans, ce n'est pas grand-chose dans l'Histoire. Tu verras quand tu seras vraiment vieille !
Il souriait mais je voyais bien qu'il avait froid. Il aurait refusé le blouson, si je le lui avais rendu, alors je me suis levée.
En chemin, il a murmuré :
– Garde tous tes rêves intacts, Tal. Les rêves, c'est ce qui nous fait avancer. Continue à croire, à vouloir tout ce que tu as toujours voulu. Que ce soit dans le domaine du cinéma ou de la paix.
Il avait une voix douce. J'ai eu l'impression qu'elle se frayait un passage dans mon crâne et m'oxygénait le cerveau, dans la petite partie (hémisphère droit ? hémisphère gauche ?) qui est capable d'imaginer l'avenir.
Juste avant de remonter à la maison, je lui ai dit :
– Ça me rend triste et heureuse de m'être attachée à Naïm. Heureuse, parce que c'est merveilleux d'avoir un rapport normal avec quelqu'un de là-bas, ça me réchauffe autant que ton blouson. Et triste parce que…
– Parce que ?
– Ça fait plusieurs jours que je n'ai pas de ses nouvelles. J'ai peur qu'il lui soit arrivé quelque chose de grave. Pourtant, j'ai écouté la radio et ils n'ont annoncé aucun mort, aucun blessé là-bas. Mais, dans

un de ses messages, il a écrit quelque chose comme: «Bientôt, mes parents n'auront plus à s'inquiéter pour moi.» C'est une phrase terrible, non? Une phrase inquiétante, justement. Il s'apprête peut-être à... à commettre quelque chose d'irréversible. Enfin, je n'en sais rien. Mais j'ai peur pour lui, Papa.

Toute la vérité

Bakbouk: Tu es là, Naïm, je le sais. Tu viens de te connecter. On peut parler?

Gazaman: Désolé. Ce que j'ai à te dire est trop long. Je vais t'écrire un message. Sois patiente, ça risque de prendre un peu de temps. Ne m'en veux pas.

De: Gazaman@free.com
À: bakbouk@hotmail.com
Objet: tout te dire, enfin. Puis...

Chère Tal,

Ce sera ma dernière lettre pour toi, et je te supplie de ne pas me répondre, de ne plus m'écrire après ça.

Cela fait exactement six mois que j'ai trouvé ta bouteille. Joyeux anniversaire à nous deux!

J'ai aimé être Gazaman, ce type dont tu ne savais rien, qui se moquait de toi, était en colère parfois, et qui savait en même temps que tu le lirais sans haine. Mais on ne peut pas tout contrôler, même derrière l'écran d'un ordinateur, et tu as trouvé, sans t'en douter, le chemin qui mène à Naïm.

Je m'appelle Naïm Al-Farjouk. Je suis né à Gaza il y a vingt ans. Mon père est infirmier, ma mère est institutrice, ils n'ont pas pu avoir d'autres enfants que moi. Je suis l'un des très rares fils uniques de la bande de Gaza, peut-être même le seul.

J'ai été très gâté par mes parents, très aimé. Et j'ai été très bon à l'école aussi, si tu veux savoir. Dans la bouteille tu parlais de tes rêves, tu disais que tu voulais être metteur en scène ou pédiatre. Moi, j'ai toujours rêvé d'être médecin. J'aime la façon qu'ils ont de s'intéresser à toi, de pencher la tête en posant des questions précises, pour tenter de comprendre ce qui ne va pas. Et lorsqu'ils prennent leur stylo pour écrire l'ordonnance, on a toujours l'impression que ça y est, ils ont trouvé la solution, tout va aller bien. Les médecins sont des magiciens et moi, j'aime bien l'idée de faire des miracles.

Quand j'étais petit, et même pas si petit que ça, j'ai souvent fermé les yeux en essayant de penser à quelque chose de toutes mes forces pour que cette chose se réalise. Ça a marché une fois ou deux, mais je savais déjà que c'était purement le hasard. Alors j'ai compris que, pour faire des miracles, il fallait retrousser ses manches.

Quand Yasser Arafat est arrivé à Gaza, en 1994, mon père est entré dans ma chambre avec un livre à la main et m'a dit: «Naïm, à partir d'aujourd'hui, tu vas apprendre l'hébreu. Nous allons être en paix avec les Israéliens, c'est une bonne raison pour apprendre leur langue sérieusement.» C'est ainsi que tous les soirs, après mes devoirs, j'ai étudié le *Aleph Beth*, et toute votre langue, qui ressemble tant à la nôtre. Très vite, j'ai connu les conjugaisons par cœur, et j'ai pris l'habitude de regarder la télévision israélienne pour m'entraîner et étendre mon vocabulaire.

Tu m'as dit, au tout début, que tu te représentais parfaitement les jeunes Américains parce que tu les voyais dans des séries télévisées. Pour moi, ça a été la même chose avec vous. Je vous ai découverts par la télé. Et un jour, j'ai eu envie d'aller plus loin. C'était à l'été 2000. J'avais dix-sept ans, je ne voulais pas m'ennuyer à Gaza pendant les vacances et je voulais gagner de l'argent. J'ai demandé à mes parents l'autorisation de travailler en Israël. Ils ont hésité, par fierté je crois. Ils gagnaient suffisamment bien leur vie pour que leur fils ne fasse pas partie de la main-d'œuvre israélienne. J'ai insisté et ils ont accepté.

Il a fallu que je me lève tôt, à trois heures du matin, pour me rendre au point de passage Erez. Mon père m'a accompagné, un peu triste. Moi, j'étais plutôt excité : j'avais l'impression de partir à l'aventure. J'ai fait la queue pendant deux heures, avec d'autres jeunes et des pères de famille fatigués qui se connaissaient. Je n'avais personne à qui parler mais j'aimais déjà être seul, ça ne me dérangeait pas. De l'autre côté du point de passage, il y avait des autobus israéliens. Un Israélien m'a dit qu'il cherchait des gens pour travailler sur des chantiers. Il m'a demandé si je savais peindre, poser des vitres et du carrelage, bricoler la plomberie et l'électricité. J'avais aidé une fois mes parents à repeindre notre appartement et j'ai dit oui. Le bus a commencé à rouler vers Tel-Aviv. Tout le monde dormait sauf moi. J'écarquillais les yeux pour ne rater aucun détail.

Au début, j'ai été un peu déçu : il y avait de grands champs gris, ça ressemblait plus ou moins à Gaza. Et puis, on s'est approchés de la banlieue de Tel-Aviv. J'ai été surpris parce que les panneaux étaient écrits en hébreu, en anglais et en arabe. Je me suis senti comme dans un autre chez-moi.

Sur les routes, il y avait des voitures aussi belles que celles de l'Autorité palestinienne. Mais les maisons étaient incontestablement plus grandes, plus hautes, plus blanches. J'ai remarqué qu'il y avait beaucoup de jardins avec des jeux pour les enfants.

En arrivant à Tel-Aviv, j'ai vu des tours immenses, de vrais gratte-ciel. J'ai pensé qu'il faudrait que je me débrouille pour monter sur l'un d'eux une fois, pour voir l'effet que ça faisait.

L'homme qui m'avait embauché s'appelait Avi. Il m'a dit qu'il me paierait cent shekels pour une journée de travail, si le travail était propre. Je me suis dit : comme c'est étrange, je vais gagner plus d'argent que mon père.

Sur le chemin du chantier, je ne perdais pas une miette de ce que je voyais. J'aurais voulu avoir mille paires d'yeux. Des magasins comme je n'en avais jamais vu, des salons de coiffure qui ressemblaient à des cafés, des restaurants qui ressemblaient à des musées.. J'aurais bien planté Avi là pour aller me promener, mais c'était impossible.

Je priais pour qu'il me donne un chantier facile en me disant qu'au pire, s'il découvrait que je lui avais menti, il ne pouvait pas me ramener à Gaza sur-le-champ, et que ça me ferait une journée de vacances chez les Israéliens. Quand nous sommes arrivés dans l'appartement où nous devions travailler, il m'a dit: «Tiens, toi, occupe-toi de la peinture dans la cuisine, il faut passer une seconde couche.»

J'ai enfilé la salopette qu'il me tendait et j'ai commencé à passer le rouleau en m'appliquant. Quelqu'un a mis la radio, il y avait de la bonne musique et on a travaillé comme ça toute la matinée. De temps en temps, je jetais un coup d'œil par la fenêtre, je voyais des enfants partir à l'école, des vieux qui se promenaient, des femmes qui faisaient les courses ou attendaient le bus en parlant dans leur téléphone portable. C'était tellement plus calme, plus paisible qu'à Gaza que ça m'a rendu triste. En même temps, j'étais heureux d'être là. À midi, les autres ont sorti de leurs sacs des pitas et des fruits. Moi, je n'avais rien pris à manger, et je n'avais pas d'argent sur moi. Avi m'a dit d'une grosse voix: «Eh, le nouveau! Tu penses qu'on peut travailler le ventre vide?» J'ai baissé les yeux. Il m'a pris par le bras et m'a dit: «Viens, on va t'acheter quelque chose en bas.»

Je l'ai suivi. J'ai pensé qu'il avait la même façon de parler que mon oncle Hassan, le jeune frère de ma mère, celui qui est parti vivre au Canada.

Le reste de la journée est passé très vite. Avi nous a raccompagnés au point de rencontre où le bus nous attendait. Il m'a tendu mon billet et m'a dit: «Tu as fait du bon boulot. Sois là demain.»

Quinze jours sont passés ainsi. Chaque matin et chaque soir, j'avais l'impression de traverser un rideau invisible qui me faisait basculer d'une dimension à l'autre. Gaza, Tel-Aviv. Tel-Aviv, Gaza. Comment te décrire ce qui sépare ces deux villes ? À Gaza, tu entends le bruit de la foule. À Tel-Aviv, ce sont les voitures. À Gaza, les rues sont remplies d'hommes. À Tel-Aviv, tu vois des filles qui marchent seules ou en groupe, la tête haute. L'air a une autre odeur. Peut-être parce qu'il y a à la fois plus d'arbres, de voitures, de restaurants et d'argent. Peut-être que ce sont les parfums des femmes, les crèmes solaires des gens sur les plages. Chaque matin et chaque soir, je pensais que je parcourais au moins dix mille kilomètres, que c'était impossible que ces deux villes soient seulement à soixante-dix kilomètres de distance.

Avi était gentil. Un jour, il m'a vu lire un journal qui traînait, il m'a dit : « Tu parles bien l'hébreu, toi. Tu sais lire aussi ? » J'ai dit : « Oui, c'est mon père qui m'a appris. »

Il a eu l'air surpris mais il n'a rien ajouté.

Un autre jour, il m'a demandé de poser du carrelage turquoise dans une salle de bains. L'immeuble était très beau, dans le nord de Tel-Aviv. Je lui ai avoué que je n'avais jamais posé de carrelage de ma vie. Il m'a dit : « Tu m'as menti alors, le premier jour ? » J'ai baissé la tête. Je n'aime pas le verbe « mentir », je ne voulais pas qu'il l'utilise pour parler de moi. J'ai pensé qu'il allait se fâcher et me renvoyer mais il m'a pris par l'épaule et m'a dit : « Viens, je vais te montrer. Ce n'est pas sorcier du moment que tu n'es pas manchot. Mais je te paierai un peu moins aujourd'hui, parce que je te donne une formation qui pourra te servir toute ta vie et te faire gagner beaucoup d'argent si tu travailles bien. »

Un soir, nous étions quatre à bosser sur un chantier, Avi nous a demandé de rester. La bande de Gaza avait été bouclée dans la journée et il ne pouvait pas se passer de nous pour le lendemain. Il nous a dit qu'il préférait payer une amende en nous faisant dormir à Tel-Aviv plutôt que de prendre du retard sur le chantier. Les trois autres ont dit oui tout de suite, ils avaient l'air d'avoir l'habitude de rester dormir en Israël. Moi, j'ai murmuré qu'il fallait que je prévienne mes parents. Il a sorti son téléphone portable pour que je les appelle.

Ma mère ne voulait pas que je reste. Elle avait peur qu'on m'arrête parce que, au-delà de vingt heures, les Palestiniens n'ont pas le droit de se trouver sur le territoire israélien. Je lui ai dit de ne pas s'inquiéter, et que le patron savait ce qu'il faisait.

Avi a apporté des sacs de couchage et des sandwiches. Puis il s'est tourné vers moi :

– Naïm, tu es bien jeune pour dormir sur un chantier. Tu peux venir chez moi, si tu veux.

J'ai regardé les trois autres pour leur demander leur avis. Ils ont haussé les épaules et je suis parti avec Avi.

Ce soir-là, je suis entré pour la première fois dans une maison israélienne. Avi m'a présenté sa femme, Osnat, et sa fille, Tal. Il m'a dit que son fils aîné était à l'armée, du côté de Hébron, dans une patrouille israélo-palestinienne. À l'époque, si tu te souviens bien, nous étions en pleines négociations pour un règlement définitif, Yasser Arafat et Ehoud Barak allaient retrouver le président américain Bill Clinton à Camp David pour mettre au point un accord final.

C'était presque la paix, et, surtout, l'indépendance pour nous.

Mais je ne pensais pas à ces questions. J'étais dans une maison israélienne, et j'y étais bien, trop bien.

On a mangé tous ensemble. La femme d'Avi et sa fille m'ont posé des tas de questions sur Gaza, sur ma famille. Elles se sont exclamées que je parlais l'hébreu beaucoup mieux que de nombreux Israéliens, que je ne faisais pas du tout de fautes. J'étais assez fier. À la fin du repas, Avi m'a dit : « Vivement la paix définitive, Naïm. Nos deux peuples doivent vivre ensemble comme nous avons mangé ce soir. »

Ensuite, Tal m'a proposé de regarder la télé avec elle. Il y avait un jeu qui s'appelait « Qui veut être millionnaire ? ». J'ai répondu à presque toutes les questions. Tal m'a dit : « Tu devrais t'inscrire, pour participer ! » Je lui ai répondu que je n'étais pas sûr du tout qu'un Palestinien puisse s'inscrire à ce jeu. Elle m'a répondu : « Bientôt, ça changera. »

Dans les semaines qui ont suivi, j'ai souvent dormi chez eux. Je me sentais en vacances et pourtant je travaillais dur. J'avais l'impression d'être chez des cousins qui avaient beaucoup de bonheur et de richesse, et qui voulaient bien les partager avec moi. J'aimais leur salle de bains, leur canapé en cuir, la vaisselle en miniature dont Osnat faisait la collection, leurs sourires, leur façon de me tendre la main et de me dire : « Shalom, Naïm. »

Et puis, je suis tombé amoureux de Tal.

Elle avait les cheveux blonds, très courts, un petit nez retroussé, une façon de s'asseoir en tailleur qui me plaisait bien.

Quand je lui parlais, elle ne baissait pas les yeux comme les filles de chez nous.

Elle faisait beaucoup de blagues, de jeux de mots. Elle éclatait de rire pour un rien et était ceinture noire de karaté. Elle portait des shorts, des sandales, des débardeurs. Elle avait trois boucles d'oreilles à l'oreille droite et une à l'oreille gauche.

Parfois, elle me faisait écouter des disques dans sa chambre. Parfois, des amis à elle passaient, restaient ou ressortaient avec elle. Certains me parlaient normalement. D'autres me regardaient d'un air méfiant.

Un jour, elle m'a dit que je serais plus beau sans ma moustache, qu'elle me vieillissait. Et, en riant, elle a ajouté : « Comme ça, tu ressembles trop à un acteur de film égyptien ! »

Je me suis rasé le lendemain.

J'attendais avec impatience les soirs où Avi me proposerait de dormir chez lui, je n'avais plus envie de rentrer à Gaza, je ne parlais plus beaucoup à mes parents, je pensais tout le temps à elle, à elle et à Tel-Aviv. Une fille et une ville libres.

Je ne pense pas qu'elle ait été amoureuse de moi, mais elle m'aimait bien, elle me disait que j'avais plus de patience que son frère, ça me suffisait.

À la fin du mois d'août, je ne pouvais plus imaginer ma vie sans voir Tal. C'est à ce moment-là que Yasser Arafat et Ehoud Barak sont rentrés d'Amérique sans avoir réussi à se mettre d'accord. Je l'ai appris en passant, je n'écoutais plus les informations. Mon père avait l'air soucieux, mais je n'y ai pas prêté attention. On a tant l'habitude que l'indépendance soit reportée, repoussée, retardée, que, le jour où elle sera là, on aura tous une crise cardiaque, alors ça pouvait attendre encore un peu.

En septembre, Tal a repris le chemin du lycée. Elle entrait en terminale. Moi, j'avais fini le lycée et je ne voulais pas commencer tout de suite des études à l'université. J'ai dit à mes parents: «Je continue à travailler en Israël pendant un an, ça me permettra de faire des économies pour étudier ensuite.»

Un soir, Tal s'est énervée parce qu'elle n'arrivait pas à résoudre un exercice en maths. Je lui ai dit que je pouvais peut-être l'aider. C'était le même programme que le nôtre et j'avais tout en mémoire, ça a été simple de l'aider. Elle était toute contente. Ce soir-là, on est restés longtemps dans sa chambre, à écouter de la musique, à parler, à se taire. Elle me regardait avec un sourire très doux. Elle m'a raconté qu'elle avait eu un petit ami, et qu'il l'avait quittée quand il était parti à l'armée, parce qu'il avait rencontré une autre fille là-bas. Elle m'a dit qu'elle se demandait si elle saurait reconnaître l'homme de sa vie, et même si ça existait, un «homme de la vie». Je lui ai répondu que je n'en savais rien. J'avais envie de lui dire que, lorsque le cœur bat d'une certaine façon, lorsqu'on se retourne le soir dans son lit d'une certaine façon et que l'on ne peut pas dormir, lorsqu'on a parfois très faim et parfois pas du tout, lorsqu'on ne pense plus aux autres, à soi, c'est certainement de l'amour. J'ai hésité, et puis je le lui ai dit.

Elle m'a regardé avec son petit sourire.

– Toi, Naïm, tu as un cœur tendre.

J'avais les jambes qui tremblaient. J'ai répondu qu'il fallait que j'aille me coucher, que je travaillais tôt le lendemain.

Ensuite, pendant quelques jours, il n'y a pas eu de travail et je suis resté à Gaza, à tourner en rond, à penser à elle.

J'aurais pu chercher du travail chez un autre patron mais ça ne me disait rien.

À Gaza, la colère montait. Les gens disaient que Yasser Arafat avait eu tort de faire confiance aux Israéliens, et que les négociations ne marcheraient jamais avec eux.

Le 29 septembre 2000, des affrontements éclataient entre des Palestiniens et votre police, à Jérusalem. Il y a eu des blessés, des morts. La seconde Intifada venait d'éclater.

Je ne te raconte pas la suite, tu la connais aussi bien que moi. Ou plutôt: tu connais par cœur les événements qui ont touché les Israéliens, et moi je connais par cœur les événements qui ont meurtri les Palestiniens.

La bande de Gaza a été bouclée, longtemps. Puis les attentats se sont multipliés en Israël et on a interdit aux jeunes de mon âge d'y travailler.

Je n'ai plus jamais revu Tal, Avi et Osnat, ni eu de leurs nouvelles.

Alors, j'ai pris la seule décision qui vaille. Je me suis juré de partir d'ici. De quitter cet endroit maudit pour vivre libre dans un monde libre, dans un monde où aucun coup de feu ne m'empêcherait d'être avec qui je voulais être, là où je voulais.

J'ai pris les livres de mon père et j'ai étudié, étudié, je me suis noyé dans ses livres. Le frère de ma mère, Hassan, m'a dit que, si j'avais un bon niveau, je pouvais obtenir une bourse d'études au Canada. Je me suis débrouillé pour ne pas avoir un bon niveau mais un niveau excellent. J'ai rempli des dossiers, présenté un concours par correspondance. J'ai espéré. Désespéré, aussi.

Aujourd'hui, j'ai eu la réponse : je suis admis.

J'en tremble. Je vais avoir le droit, pour quelques années, de vivre comme Paolo et Willy. Je vais devenir médecin. Ensuite, je reviendrai sur cette terre où je suis né. J'espère, j'espère tant que les choses auront changé, que nous aurons un État, que les sirènes des ambulances ne hurleront plus que pour les accidents de la route et les crises cardiaques. Mais, pour l'instant, je ne veux penser qu'à moi Juste à moi.

J'ai aimé te lire et t'écrire, Tal. Tu comprends peut-être aujourd'hui que, parfois, ça n'a pas été facile pour moi de le faire, et pas pour des raisons politiques.

Tu es une fille bien. Généreuse. Et fragile.

Bien sûr, on pourrait continuer à s'écrire, la Toile le permet, mais je veux effacer, pour un temps, ces dernières années de ma mémoire, et tu en fais partie. Je veux être neuf, là-bas, au Canada. Ne pas être rattaché à cette terre qui tremble jour et nuit, cette terre qui t'empêche de dormir, d'être égoïste. Un jour vous, nous, nous nous apercevrons qu'il n'y a pas de gagnant possible dans la violence, que c'est une guerre de perdants. Un gâchis.

Mais je ne t'oublierai pas complètement, Tal.

Un jour, tu m'as dit qu'il fallait tout répéter avec moi. C'était vrai.

Alors, toi et moi, on va répéter le miracle de la bouteille. Je l'emporte avec moi. Et je te donne rendez-vous dans trois ans, le 13 septembre 2007, à midi, à Rome, devant la fontaine de Trévise. Paolo m'a longuement parlé de cet endroit, et ce sera en souvenir du film avec Audrey Hepburn que tu étais allée voir à la cinémathèque. J'aurai ta bouteille sous le bras. C'est très romantique, n'est-ce pas? Mais l'idée me plaît, je suis même impatient de pouvoir être romantique.

Dans trois ans, c'est une promesse.

D'ici là, bonne route à toi,

Naïm